KB078627

다시 한번

다시 한 번 1

손종호 장편소설

초판 1쇄 찍은 날 § 2016년 2월 29일
초판 1쇄 펴낸 날 § 2016년 3월 7일

지은이 § 손종호
펴낸이 § 서경석

편집책임 § 김현미

펴낸곳 § 도서출판 청어람
등록번호 § 제387-1999-000006호
등록일자 § 1999. 5. 31
어람번호 § 제1-2367호

주소 § 경기도 부천시 원미구 부일로 483번길 40 서경B/D 3F (우) 14640
전화 § 032-656-4452 팩스 § 032-656-4453
http://www.chungeoram.com
E-mail § chungeorambook@daum.net

ISBN 979-11-04-90671-8 04810
ISBN 979-11-04-90670-1 (세트)

다시 한번 1

손종호 장편 소설

FUSION FANTASTIC STORY

도서출판 청어람

다시 한번

목차

프롤로그

가장으로서

"최 과장은 일을 그따위로밖에 못합니까?"
책상에 앉은 이 부장의 짜증 섞인 목소리를 한 귀로 흘렸다.
분명 신 전무에게 오질라게 깨졌을 게 뻔했다. 그렇지 않으면 30분이 넘게 꼬투리를 잡아 나를 괴롭힐 이유가 없었다.
"아닙니다, 부장님."
"아니긴 뭐가 아니에요. 이따위로 해놓고선!"
촤르륵.
힘들게 작업한 서류들이 눈앞에 펄럭인다.
부하 직원들도 보고 있는 자리에서 이따위 짓을 당하다니.
앞에서 쭉 찢어진 눈으로 나를 노려보는 이 부장의 면상을 주먹으로 날리고 싶다는 생각만이 머릿속에 맴돌았고, 두 주먹에도 힘이 들어갔다.

“왜요? 최 과장 표정이 좀 그렇네? 기분 나빠요?”

“그… 그럴 리가요, 부장님. 다시 처리하겠습니다.”

표정을 보니 비굴한 내 모습에 기분이 풀린 듯한 모양이다.

“흠, 뭐 내가 너무 심하게 몰아붙인 면도 없잖아 있으니 이만 가보세요.”

그저 내가 자신의 분풀이를 위한 물건인 양, 이 부장은 언제나처럼 신 전무에게 된통 깨지고 난 후에는 나를 갈궜다.

진짜 좆같아서 때려 치고 싶지만 동네에서 여편네들과 신나서 수다를 떨고 있을 마누라나 용돈을 올려달라고 쫑알대던 두 딸을 생각하며, 화를 가라앉히고 허리를 굽혀 흩어져 있는 서류를 주웠다.

마음 같아선 부당 대우나 다른 이유를 대서라도 저 개새끼를 엿 먹이고 싶었지만 44살의 나이에 과장이라는 직급을 가진 내가 그런 행동을 한다면 곧바로 명퇴 예약이겠지.

계급사회인 회사에서 그딴 짓을 한 부하에게 너그러울 리 없다.

서류를 다 주운 뒤 고개를 숙이고 자리로 향하자 주변의 부하들이 안쓰러운 얼굴로 바라보고 있었다.

그 모습들을 뒤로한 채 자리에 앉아 이 부장이 되짜 놓은 서류를 다시 정리하기 시작했다.

가라앉은 내 모습에 부하들도 눈치를 보고 있었다.

“최 과장님.”

고개를 돌려 소리가 난 쪽을 바라보자 이제 신혼을 즐기는—의무와 돈으로 점철될 노예 예비생—신 대리가 서 있었다.

뭐, 평소에 나랑 친했으니 동료들의 성화에 상관의 노한 심기를 맞추려 총대를 멘 것 같다.

군대나 회사나 불똥은 위에서 아래로 튀는 법이니 이해는 간다만.

"왜?"

"한 대 빨러 가시지 말입니다."

"건물이 금연인데 뭘 빨러 가?"

좆같은 현실이다.

안 그래도 감옥 같은 회사인데 6년 전, 금연법 지정으로 그나마 있던 흡연실마저 사라져 담배도 못 피니 교도소랑 다른 게 뭔지 궁금해진다.

금연은 씨발, 최소한 흡연자를 위한 공간이라도 내비 두던가.

맑은 공기를 마시고 싶은 권리? 차부터 타지 말고 공장을 다 부수든가 왜 담배 갖고 지랄인지…….

"옥상 가서 한 대 피시죠?"

신 대리가 작은 소리로 귀에 속삭인다.

서른 먹은 놈이 징그럽게.

어쨌든 기분도 안 좋았기에 고개를 끄덕이곤 담배를 챙겼다.

"후우~"

내뿜은 담배 연기가 하늘로 사라진다.

한여름이라 그런지 쨍쨍한 햇빛이 얼굴을 달궜지만, 이렇게라도 회사 내에서—옥상이지만—담배를 필 수 있는 것도 애연가인 사장이 같은 흡연가들을 생각해서 허락한 마지막 낙원이란다.

"이 부장님은 맨날 최 과장님을 못 잡아먹어서 안달인 거 같습니다."

"하~ 그러게 말이다. 맘 같아선 확 때려 치고 싶은데……."

자조하듯 내뱉은 말에 신 대리 녀석은 놀란 표정으로 나를 본다.

"예?"

"그렇게 놀랄 거 없어. 말만 그렇게 하는 거지 때려 치기는 개뿔, 너도 곧 알게 될 거다. 네 몸이 네 게 아니라는걸."

"그게 무슨 말입니까?"

"후~ 너도 자식 생기면 알게 돼."

알 듯 말 듯한 표정으로 나를 보는 신 대리를 보니 인생 선배로서 참 불쌍하다.

대기업도 아닌 중소기업의 회사원 벌이가 좋을 리 없으니 결국 로또가 아니고선 내가 갔던 길을 그대로 답습할 테니…….

"그만 궁상떨고 들어가자 이 부장이 또 지랄할라."

신 대리는 위로해 주려고 했던 상대가 안쓰러운 눈으로 자신을 바라보자, 묘한 표정으로 나를 따라왔다.

사무실로 돌아와 사원들의 보고를 확인하고 결재를 하며, 이 부장이 다시 하라던 일을 대충 마무리 짓자 어느새 이 부장 녀석은 퇴근을 한 후였다.

그럼 나도 일어나 볼까.

"다들 수고했어. 이만 퇴근들 하라고."

"예, 과장님도 수고하셨습니다."

"수고하셨습니다."

부하 녀석들의 인사를 받으며 감옥 같은 회사를 나와 지하철로 향하는 발걸음이 빨라졌다.

어쩌면 시간 내에 가면 자리에 앉을 수 있을지도 몰랐다.

참 초라한 소망이라고 생각하며 횡단보도의 신호가 바뀌길 기다렸다.

뭐 예기치 않게 이 부장에게 욕을 먹긴 했지만 이제 집에서 기다릴 마누라의 투정만 들어주면 또 하루가 지나갈 것이다.

문득 내 인생이 처량해 보이는 건 왜일까?

나도 모르게 고개를 들어 하늘을 바라보고 있었다.

"별수 있나 이런 게 인생인걸."

이런저런 생각을 하다 보니 어느새 횡단보도의 신호가 녹색으로 바뀌어 있었기에, 지하철을 타기 위해 다시 발걸음을 재촉했다.

빠아아아앙!!!!!!!!!!!

들릴 리 없는 긴박한 클랙슨 소리.

소리가 난 쪽으로 고개를 돌리자 승용차가 신호를 무시한 채 질주하고 있었다.

그 모습이 슬로우 화면처럼 느껴졌다. 아니, 모든 것이 느려 보이는 것일지도 몰랐다.

그렇게 슬로우 모션처럼 다가오는 차를 보니 왠지 피할 수 있을 것만 같았다.

그러나 나의 바램과는 달리 눈앞에 보이는 차만이 점점 크게 보이고 있었다.

'쾅!'

굉음과 함께 몸은 공중을 날았고, 이윽고 아스팔트의 감촉이 느껴졌다.

뭐가 뭔지 정신이 없는 것이 비현실적인 느낌이 든다. 아플 줄 알았는데, 아무런 느낌도 없었다. 이런 게 차에 치인 느낌인 걸까.

"하… 하……."

힘겹게 숨을 몰아쉬며 아스팔트에 쓰러진 채 앞을 보니 나를 친 차가 보였다. 그리고 머리에서 흘러나와 아스팔트를 적시고 있는 붉은 액체 역시.

"이렇게 죽을 수 없어……."

일어나야 하는데 몸에 감각이 없었다.

그렇게 일어나려는 시도를 하고 있는 사이 내 주변으로 사람들이 모여 들었고, 그들 중 누군가가 내게 다가와 일어나려고 하는 나를 진정시켰다.

"아… 아……."

"일어나시면 안 돼요! 그대로 계세요! 119 불렀으니까 조금만 참아요!"

나를 진정시키려는 다급한 음성과 겁에 질린 표정으로 차에서 내려 달려오는 운전자 그리고 아스팔트에 누워 그것을 지켜보고 있는 나.

이 모든 게 꿈만 같았다.

설마 내가 교통사고를 당할 거라고는 단 한 번도 상상해 본 적 없었는데…….

얼마나 시간이 흐른 걸까?

"여기에요!"

나를 말리던 이가 누군가에게 소리를 지르자, 구경하던 사람들을 밀치며 구급대원들이 달려오는 모습이 보였다.

이내 내 몸은 들것에 옮겨졌고, 그제야 이제 살았다는 안도감과 함께 눈꺼풀이 점점 무거워지기 시작했다.

2026년 6월 16일 마지막 날에…….

1장

뭔 일이래?

"흐음."

빡!

이마를 강타하는 고통에 몸을 벌떡 일으켜 주위를 둘러보자 저만치 사라져 가는 아내의 뒷모습이 보였다.

하, 이 여편네가 드디어 미쳤구나. 하늘 같은 서방의 이마를.

"야!!!! 이 여편네야!"

말을 들었는지 마누라의 발걸음이 멈췄다.

이 기세를 놓치면 안 되지. 어디서 감히!

"미쳤어? 하늘 같은 남… 악!!"

말이 끝나기도 전에 달려온 마누라가 손바닥으로 등짝을 후려치기 시작했다.

맵기도 하다. 이년아!

짝! 짝!

"뭐, 여~ 펀네? 이런 썩을 놈이! 오늘 한번 죽어봐라!"

"진짜 이게 미쳤나!?"

등짝을 후려친 걸로도 모자라서 뭘 잘했다고 이 여편네가!

등짝을 갈기던 손을 움켜잡고선 그녀를 노려봤다.

손을 잡힌 것에 놀랐는지 그녀가 놀란 눈으로 쳐다본다.

"누가 누굴 죽여! 이……."

어라? 이상하다? 이 여자는 누구?

아내가 아니라는 생각에 깜짝 놀라 잡고 있던 그녀의 손을 놓아주었다.

"누… 구세요?"

"뭐?"

눈앞의 여인은 황당한 표정으로 나를 바라봤다.

마치 미친 것 아니냐는 눈빛으로 이내 '후~' 하고 한숨을 내신 여자는 내 등짝을 세게 한 번 후려쳤다.

"이게 무슨 짓입니까!"

"에이, 미친놈아. 지 애미도 몰라보고. 뭐? 누구세요? 이런 호랑말코 같은 놈을. 에휴! 처맞기 싫어서 쇼하지 말고 씻고 나와서 밥이나 처먹어!"

그녀는 말을 마치고는 한심하다는 눈빛으로 나를 쳐다보곤 방을 나갔다.

"엄마? 미쳤나! 남의 집에 마음대로 들어와서 누가 엄마야!"

당장에 쫓아가서 화를 내려고 했지만 문득 이상하게 그녀가 눈에 익다는 생각이 들었다.

그러고 보니 이 방도 나와 아내가 쓰는 안방이 아니다.

은행에서 대출까지 받아서 산 아파트 창문으로는 논이 보일 수가 없는 게 당연한데. 지금 이 방 창문 밖으로 보이는 것은 분명 논이었다.

이게 대체 무슨 일이야? 아무리 생각해도 알 수가 없단 말이야.

"뭐해, 이놈아! 확 상 치워 버리기 전에 얼른 씻고 밥 먹어!"

"네, 금방 가요!"

그녀의 호통에 화장실로 들어가 세면대에 서서 씻기 시작했다.

한참 씻다 보니 뭔가 이상했다. 나도 모르게 알지도 못하는 여자의 말을 따르고 있었다.

마치 어릴 적에 어머니의 말을 듣는 것처럼.

그것보다 내가 어떻게 화장실의 위치를 알고 있는 거야?

뭐지? 이 묘하게 익숙한 느낌은…….

설마?

씻는 것을 멈추고 자고 있었던 방으로 뛰어 들어가 방을 둘러봤다.

방문에 걸려 있는 왕조현 포스터.

왕조현? 어릴 적에 분명 좋아했던 배우였다. 요새 애들 말로 빠돌이라고 하는 수준으로 그녀를 좋아했던 나였다.

그녀의 모습이 담긴 책받침을 꽉 끌어안고 세상을 다 가진 것마냥 실실 쪼개다, 우연히 그 모습을 보신 어머니께 뒤통수를 후려 맞았던 기억도 생생하니까.

그런 추억의 물건이 내 앞에 있었다. 그리고 옆을 돌아보니 작은 책상이 보였고, 그 위엔 책이 한 권 펼쳐져 있었다.

다가가 책표지를 보니 '수학 3'이라고 쓰여 있는 교과서에 최.승.민이라는 이름이 보였다.

"이게… 무슨……."

흠, 세면대 거울에 비춰진 얼굴엔 사십 대가 되면서 늘어난 흰 머리나 이마에 있던 두 줄의 주름살 역시 보이지 않는다.

대체 어떻게 된 일인지, 꿈이 아닐까 하는 심정으로 볼 살을 쭉 잡아당기자 아픔이 느껴진다.

그래도 믿기지 않은 현실에 찬물에 얼굴을 몇 번이나 담가봤지만, 변함없이 어린 내 모습만이 거울에 비치고 있었다.

정말 내가 과거로 돌아온 건가?

"젊다는 게 이렇게 좋다는 걸 왜 그때는 몰랐는지……."

실소가 난다.

철없던 그때는 그저 친구들과 하루하루 노는 게 즐거워 미래의 일이나, 세상에 대해서도 아무런 관심 없이 모든 게 내가 원하는 대로 될 줄 알았는데.

"최승민!"

"네, 엄마."

"화장실에 왜 이리 오래 있니?"

"다 쌌어요. 금방 나갈게요."

"이따가 읍내 나가야 되는 거 잊지 말고, 엄마 잠깐 손 씨 아줌마 댁에 다녀올 테니까 점심 챙겨먹고!"

"웬 읍내요?"

"니 교복 맞추러 간다고 이틀 전에 말했잖아."

"아, 그게 오늘이었어요?"

"그래, 이놈아. 이따 3시에 갈 거니까 그때까지 엄마 안 오면 손 씨 댁으로 찾아오고!"

"네."

손 씨네가 어디야? 뭐 안 오시면 아버지께 물어보면 되겠지.

그것보다 고등학교인가. 화장실에서 나와 방으로 갈 때까지 머릿속은 고등학교에 대한 생각으로 가득했다.

방에 들어오니 아무리 봐도 적응이 안 된다.

대체 교통사고를 당한 내가 어떻게 과거로 돌아온 걸까?

의문을 안고 낡은 책상을 손으로 스윽 배만졌다.

어릴 적 추억이 새록새록 떠올랐다.

그래, 분명 서랍에… 역시나 서랍을 열어보자, 어린 시절 아끼던 NBA카드가 포커 곽에 담겨 고이 모셔져 있었다.

머리로는 이해가 되지 않는 기현상.

서랍을 천천히 닫았다. 어린 시절의 나였다면 모를까. 지금의 나에겐 그저 과거로 돌아왔다는 것을 알려주는 과거의 파편에 불과했다.

"고등학교란 말이지. 그래도 2학년 때 부모님 때문에 서울로 전학 가기 전까지는 상위권이었는데……."

정동고등학교. 전교생 수가 삼백 명을 겨우 넘는 전형적인 시골의 사립학교였다. 한 학년이 세 개의 반을 겨우 편성할 정도의 인원이었으니까.

뭐, 시골인 탓에 학생 대부분이 초등학교와 중학교를 같이 나와서 일진이나 왕따라는 것은 생각도 못했었지. 뭐 서울의 고등학교는 조금 달랐지만…….

생각하고 보니 뚜렷이는 아니지만, 미래를 알고 있다는 것은 엄청난 메리트일지도 모르겠다.

거기에 인생의 절반을 경험한 내가 지금의 어린 녀석들과 경쟁을 하는 거니.

이거 너무 쉬운 거 아닌가 모르겠네.

기다려라, 세상아.

어떻게 왔는지는 모르겠지만 이 기회를 놓치진 않을 테니!

"젊음은 젊은이들에게 주기엔 너무 아까워……."

흠, 누워서 조금 쉴까?

몇 시인지 확인하기 위해 손목에 찬 돌핀 시계를 봤다.

흠… 어머니가 오시려면 아직 6시간은 기다려야 하나?

이참에 누워서 잠이나 자려고 몸을 돌리는 순간, 책상 위의 수학 교과서가 눈에 들어왔다.

"'수3'이라… 수학은 썩 잘하지 못했었지."

누우려는 것을 잠시 멈추고 교과서를 펼쳐 추억을 더듬었다.

"하, 그래 이런 걸 배웠었어. 흠, 이거는 이렇게… 음… 이렇게……."

어떻게 푸는 거지? 허…….

예상치 못한 문제에 봉착한 기분이다.

어렴풋이 기억은 났지만 푸는 것은 차마 엄두도 못 내고 있었다.

설마… 책상에 꽂혀 있는 다른 교과서도 읽어 보았다. 역시나.

"하나도 모르겠네?"

가슴에 비수가 꽂히는 느낌이다. 이대로라면 전교 꼴등도 문제없다고 확신할 수 있다.

나이 마흔네 살 먹고 과거에도 한 번도 못 해봤던 꼴등을 한다면, 정말 내 인생을 화려하게 바꾸는 일이 될 거다.

아버지의 거침없는 손에서 나오는 사랑의 매와 어머니의 잔소리가 부상으로 따라오는.

고등학교 입학까지 며칠이나 남은 거지? 어떻게 주어진 기회인데!

이 부장 새끼한테 욕 처먹고 눈먼 차에 몸까지 날린 나의 자기희생이 하늘에 닿아 이루어진 것일 텐데. 전교 꼴등만은 반드시 막아야 한다!

"젠장, 오늘이 며칠이지?"

고등학교 입학 일을 알아야 계획을 세울 텐데.

방을 뒤져 달력을 찾았다. 학생이란 놈이 방에 달력이 없다. 참 이 녀석도 계획 없이 살았나 보다.

생각하다 보니… 됐다. 중요한 건 그게 아니다.

마루로 나와 찾아보았지만 없다. 집 안에 달력이 없다니. 후…….

달력 하나로 이 고생이라니 새삼 내가 살던 미래 문명의 이기가 얼마나 생활을 윤택하게 했는지 깨닫게 된다.

엄마께서 '연락해라'가 아니라 '찾아와라' 할 때 알았어야 했는데, 이 빌어먹을 과거에는 아직 핸드폰이 존재하지 않는다는 걸.

언제 나왔더라, 달력을 찾으러 안방으로 가면서 핸드폰이 나온 시기를 계산해 봤다.

고2 때였나? 각 반에 한두 명이 가지고 있었던 걸로 기억한다.

바보같이 싸움도 못하는 녀석이 가지고 오면 하교할 때까지 소위 논다는 놈들이 조금만 쓴다고 가지고 가서 하교할 때 돌려주던 기억도 나는데.

아하, 대학교 때 부모님께서 입학 선물로 사 주신 기억이 난다.

3년 남았군.

후, 내 키의 반만 한 달력이 부모님이 쓰시는 안방에 걸려 있었다.

금성이라 영어 로고가 새겨진, 지금 이 시대에도 구시대 유물이라고 불러야 할 정사각형을 자랑하는 구형 텔레비전 위에.

달력을 보니 1999년 1월.

부모님께서 14일 전까지 X표시를 해놓은 걸 보면 1월 중순이란 건데, 고등학교 입학일이 언제지?

"음, 가만있자. 요번에 딸내미가 중학교 입학을 했었는데, 3월이었나? 2월에 졸업식한다고 사진 찍으러 학교에 갔었으니까……."

3월 아니면 2월 말인 것 같은데, 대충 계산해 보면 최소 한 달에서 최대 두 달.

빠듯하다. 영어, 수학만 파야 하나. 날짜를 계산하고 시계를 보니 벌써 11시 30분이다.

밥 먹고 어머니를 기다리다 오시지 않으면 뭐 아버지를 찾아뵙고, 손 씨 아줌마네가 어딘지 물어보면 될 것 같았다.

가슴이 두근거린다.

2년 전, 세상을 떠나셨던 아버지. 그의 나이 72세. 든든한 버팀목이셨던 그분이 하늘로 떠나셨을 때, 비로소 난 아버지의 빈자리가 얼마나 큰지 알게 되었다.

무뚝뚝했던 분이셨지만, 불혹을 넘게 살아온 인생에서 아버지란 이름이 차지하는 부분은 결코 작지 않았다.

이혼을 할 뻔했을 때도, 삶에 지쳐 힘들었을 때도 아버지의 한마디가 나를 지탱해 주었으니까.

두 번 다시 뵐 수 없을 줄 알았는데, 이 기적에 그저 감사할 뿐이다.

하지만 배꼽시계가 울리는 걸 보니, 일단 밥부터 먹고 아버지를 봬야 할 것 같다.

* * *

어머니… 밥이 없습니다…….

텅 빈 밥통을 뒤로 하고 주방을 뒤져 보니 사리 곰면이 눈에 들어온다.

오랜만에 보는군. 어쨌든 냄비에 물을 붓고 라면을 끓였다.

처량하게 집에서 라면을 끓여 먹고 있자니 갑자기 마누라가 그리워진다.

누군 힘들게 돈 벌어 오는데, 방구석에 처박혀서 텔레비전만 보면서 뭔 잔소리가 그리 많냐고 그렇게 구박했는데…….

"에휴, 뭔 궁상이냐. 다시는 그렇게 살지 않겠다고 다짐까지 한 놈이."

후루룩 후루룩.

진절머리 나는 마누라의 잔소리가 생각이 나지 않게 빠르게 면발을 흡입하고 뒷정리를 한 뒤 누워 있다 시계를 보니 막 3시를 넘긴 시간이었기에 서둘러 아버지께 갈 준비를 했다.

"하여간 엄마도 예나 지금이나 동네 아주머니들이랑 수다만 떨었다 하면 시간 가는지를 모르시니."

푸념을 늘여놓으며 옷장을 여니, 딸내미들이 아빠는 아저씨 옷만 입는다고 구박하던 내 옷이 멋지게 보였다.

이 목 늘어난 티는 뭐고, 죄다 원색에 그나마 청바지는 입을 만하겠다.

한 장 있는 흰 티에 촌스러운 검정색의 겨울용 잠바를 걸치고 집을 나섰다.

히야~ 서울의 탁한 공기와는 다르게 사방이 논이라 상쾌한 고향의 공기가 아버지께서 계실 젖소 목장으로 가는 나를 반겼다.

"후아, 이게 다 아파트 단지로 바뀐다니. 대단해."

우리 집도 아파트 단지를 지을 땅으로 수용되어 보상비를 받을 자리였다.

나를 서울로 보내려고 생각하던 부모님께서 수용된다는 것을 알고 땅을 사러온 녀석들에게 싼값에 주변의 우리 논을 팔지만 않았어도 꽤 많은 돈을 챙겼을 거다.

집은 나중에 아파트가 지어지면 입주하는 조건으로 넘겼었던 것으로 기억난다.

아파트가 지어질 시기가 대학교에 다니던 때니 미리 알던 그

녀석들이 대단하다고 봐야겠지.

"우리 집뿐만 아니고 수용될 땅을 가진 동네 사람들도 좋다고 땅을 팔았던 게 생각나네. 조금만 생각하면 그렇게 갑자기 사러 온 걸 이상하게 생각했을 법도 한데. 나도 그때는 참 순진했어."

지금 안 팔면 누가 이 시골 땅을 사겠냐고 부모님께 말을 했던 것 같다. 지금 생각하면 헛웃음이 나올 뿐이지만.

어느새 멀리 아버지가 일하시는 젖소 목장이 눈에 들어왔다.

울타리가 쳐져 있는 야외의 방목장에 얼룩덜룩한 젖소들이 보였다.

젖소들이 서 있는 땅은 싸놓은 대소변 탓에 쌀쌀한 1월임에도 질펀했다. 그리 크지는 않지만 우리 가족의 생계를 책임지는 소중한 곳이다.

코를 찌르는 소똥 냄새를 피해 두꺼운 천이 둘러져 있는 막사로 들어가자 안에는 젖을 짜기 위한 시설이 늘어서 있었다.

기억하기로는 시설을 따라가면 조그마한 방이 나온다.

아버지는 평일에는 이 방에 계시면서 젖소들을 돌보셨다.

식사는 보통 집에 오셔서 하시고 가셨는데, 점심은 목장에서 해결하시는 경우가 많으셨던 걸로 기억한다.

문을 열자 아버지께서 누워서 텔레비전을 보시다 문이 열리는 소리에 뒤돌아 보셨다. 목장 일로 고생하셔서 그런지 그을린 아버지의 얼굴에는 주름이 가득했지만, 근육으로 탄탄한 몸이었다.

"승민이 니가 여긴 웬일이냐?"

젊은 시절의 아버지를 보니 눈물이 날 것 같아 얼른 말을 이었다.

"아, 엄마가 손 씨 아줌마네 계신다고 하셨는데, 어딘지 생각이 안 나서요."

"엄마는 왜? 뭐 필요한 거라도 있냐?"

"그게 엄마가 오늘 교복 사러 가자고 하셨는데, 3시까지 안 오면 손 씨 아줌마네로 찾으러 오라고 하셔서요."

"손 씨 아줌마네면 읍내 가는 버스 타는 곳 뒤에 있는 집일게다. 이 여편네가 귀찮으니까 애를 불렀구만."

하하, 어머니…….

읍내 가는 버스라. 내가 알기론 이 촌구석에 정류장은 하나밖에 없다.

버스도 3시간에 한 번 꼴로 있어서 학교에 가려면 6시 첫차를 타야만 했고, 그것을 놓치면 지각을 해야만 했던 기억이 난다.

"버스 타는 곳이요?"

"그래, 가면 바로 보이는 집이니까 쉽게 찾을게다."

"그럼 가볼게요."

"오냐. 어여 가봐. 니 애미 화낼라."

"예, 수고하세요."

살아 계신 아버지. 신기한 마음에 한 번 더 아버지를 보기 위해 뒤돌아보니, 어느새 아버지는 누우신 채 이제는 은퇴한 유명 코미디언이 나오는 텔레비전에 집중하고 계셨다.

그 모습을 뒤로한 채 문을 닫고 버스 정류장으로 가기 위해 발걸음을 옮겼다.

이번엔 나를 자랑스러워하는 아버지의 모습을 보리라 다짐하면서.

후… 숨을 내쉬자 하얀 입김이 뿜어져 나왔다.

분명 어머니께선 집으로 오시려다 추운 날씨에 그대로 눌러앉으셨겠지.

따지고 들면 '젊은 놈이 움직여야지 늙은 내가 가랴?' 하시며 등짝을 후려치실 게 분명하겠지…….

그런 생각을 하며, 논길 옆으로 난 차도를 따라 15분 정도를 걸으니, 서리가 녹아서인지 살짝 젖어 있는 나무로 된 낡은 버스 정류장 의자 옆에 서 계신 어머니를 볼 수 있었다.

"어휴, 이놈의 새끼 빨리 좀 오지. 아주! 지 애미 얼려 죽이려고 작정을 했어!"

어머니, 그건 좀 아닌 것 같은데…….

하지만 그것도 잠시, 젖은 의자 탓에 두 팔로 몸을 감싸신 어머니를 보니, 그저 안 쓰러울 뿐이었다.

"엄마 손 씨 아줌마네서 기다리시지 그랬어요?"

"니가 안 오니까 까먹었나 하고 찾으러 가려던 참에 니가 온 거 아냐! 근데 이놈 자식이 뭘 잘했다고 말대꾸야."

"아니, 무슨 말대꾸예요. 걱정돼서 그런 거지……."

내 말에 어머니는 눈을 흘기시더니 손목의 낡은 시계를 보셨다.

"버스 곧 올 거니까 추워도 조금만 참아."

"네."

내가 추워 보였는지 다가와서 두 손을 비벼 내 귀를 감싸주셨다.

"귀가 새빨가네, 내 새끼."

"엄마는 창피하게 뭐하는 거예요."

"누가 본다고 그래. 보면 또 어때 엄마가 아들 귀도 못 만져?"

그렇게 어머니의 사랑을 느끼며 시간을 보내고 있으니 멀리서 버스가 오는 것이 보였다.

"엄마, 버스 왔어요."

"그래, 얼른 타자."

눈앞에 멈춘 버스의 문이 열렸고 어머니와 난 버스에 올랐다.

지금은 시골에서도 찾아보기 힘든 낡은 버스 안은 오래된 차 특유의 불쾌한 냄새가 났다.

"아이고, 어서 오십시오."

후덕하게 생긴 40대 중반의 버스 기사가 운전석에 앉아 우리를 반긴다.

"정동 읍내까지 얼마예요?"

"600원입니다."

"두 명이요."

어머니께선 1,200원을 내려는 듯이 천 원짜리 지폐를 꺼내시곤 지갑에서 동전을 꺼내시려는 것 같았다.

"학생은요?"

내 질문에 버스기사는 학생 400원이라고 쓰인 판을 가리켰다.

"400원이란다."

"엄마 400원이래요. 천 원만 내면 돼요."

나는 고작 200원이지만, 어머니를 도와드렸다는 생각에 우쭐

한 표정으로 어머니를 바라보았다.

마흔네 살에 유치하긴 하다.

"그래?"

하지만 나를 보는 어머니의 표정이 묘했다.

뭐지?

버스비를 내고 자리에 앉으려고 버스를 둘러보자, 100명도 채 살지 않는 윤촌리여서 그런지 좌석은 텅텅 비어 있었고, 할아버지 한 분만이 중간에 앉아 졸고 계셨다.

버스는 편의보다는 사람을 많이 태우려고 한 건지 한 자리 좌석만 있고, 두 자리가 붙어 있는 좌석이 없었기에 어머니는 맨 뒤의 자리에 나를 데리고 가 앉으셨다.

"너 맨날 중학생은 할인 안 된다고 버스비 600원이라고 했잖아."

"네?"

철없던 학창 시절 용돈이 귀했던 난, 그렇게라도 돈을 모아 지하에 있던 조그마한 매점에서 계란이나 쥐포를 사먹으며 즐거워했었다.

아! 그랬었지?

나를 노려보는 어머니의 눈빛에 등에서 식은땀이 흘러내렸다.

"그게 올해부터 다시 바뀌었는데 말씀을 모, 못 드렸네요?"

"어휴, 내가 도둑놈을 키우고 있었어! 그걸 말이라고 하는 거야? 한 번만 더 그래 봐! 아주 그냥 다리몽둥이를 부러뜨려 놓을 테니까!"

"네, 다신 안 그럴게요. 엄마."

내 말에 어머니는 어이가 없었는지 웃고 계셨다.

"내가 아버지께 말씀드려서 고등학교부터는 용돈 좀 주라고 할 테니까 다음부턴 그런 걸로 거짓말하지 마. 남자 새끼가 쪼잔하게 200원 벌라고 거짓말을 하니? 불알 떼버려."

"아, 엄만. 무슨 말을 해도 어딜 떼요, 떼긴. 엄마도 손자 보셔야 할 텐데……."

"어휴, 너 같은 손주면 꼴도 보기 싫다."

그러게요. 어머니 소원대로 딸만 둘입니다.

시골의 풍경을 바라보며 어머니와 대화를 나누다 보니, 어느새 읍내 버스터미널에 도착을 했는지 버스는 정류장과 조그마한 매표소 사이에 정차했다.

"승민아, 얼른 내리자."

"예."

읍내라고 해봤자 논만 없다뿐이지 높은 건물 하나 없는 시골이었다.

유흥거리도 요새처럼 피시방이라든지 룸카페는 상상도 못했고, 내 기억엔 오락실만 두 군데 있던 것으로 기억한다.

"얼른 와. 뭘 그리 두리번거려."

내가 멈춰서 예전 거리의 풍경을 추억하고 있는 모습이 못마땅하셨는지, 어머니께서 인상을 쓰며 바라보고 계셨다.

"예, 가요. 근데 교복점은 어디 있어요?"

"어휴, 고걸 고새 까먹었어? 중학교 교복 맞추러 갔었잖아."

어머니를 따라 차도 옆 조그마한 인도를 따라 걸으며 주변의 건물들을 추억했다.

학생들에게 성인물을 빌려주어 인기가 있던 비디오 가게하며, 고등학교에서 논다 하는 놈들은 죄다 모인다는 칠성당구장도 보였다.

당구장 옆 골목으로 몇 놈이 들어간다.

나도 어릴 때 저 주위는 얼씬도 하지 않았었다.

학교에서 좀 논다고 뻐기고 다녔던 동창 성만이 녀석이 어느 날, 얼굴에 시퍼런 멍들을 달고 나타났을 때부터였다.

성만이 자식 말로는 당구장에서 나오다가 조폭과 어깨가 부딪쳤는데, 그 조폭이 녀석에게 시비를 걸어 처맞았다고 했었고 우린 모두 그 말에 저곳을 피했었다.

지금에 와서 생각하면 그저 우스운 이야기였다.

이 촌구석에 조폭은 무슨. 돈도 하나도 안 될 뿐만 아니라 조직 유지도 힘들 텐데.

성만이 녀석은 동네 양아치나 다른 고등학생들한테 처맞았던 게 분명하다.

아니면 어린 나이의 치기에 쪽팔려서 사실을 부풀렸든가, 동네 양아치가 조폭이라고 협박을 했거나 몰라도 둘 중 하나일 것이다.

추억을 더듬으며 가고 있는데 목적지인 에이스 교복점이 눈에 들어왔다.

2장

입학

친구 녀석들이 저 교복집의 교복이 아닌 다른 교복집에서 교복을 맞춰온 친구들을 놀렸기에, 나도 엄마에게 떼를 써서 10만 원이나 더 비싼 저 교복집에서 교복을 맞췄던 기억이 났다.

문을 열고 들어가자 사십 대로 보이는 주인아주머니께서 웃는 얼굴로 맞이했다.

"어서 오세요. 어머님 교복 맞추러 오셨어요?"

"예, 이놈이 이번에 고등학교에 들어가게 돼서요."

어머니 옆에 서 있는 나를 힐끔 본 아주머니는 다시 어머니에게로 시선을 돌렸다.

"어머, 아드님이 키도 크고 훤칠한 게 교복이 잘 어울릴 것 같아요."

그리 잘생기지 않은 나를 보면서 말하기가 부담스러웠던 것일까.

"에이, 잘생기기는요. 못나지 않은 거지."

어머니는 주인아주머니의 말에 손사래를 치면서도, 자식 칭찬에 기분이 좋으셨는지 얼굴에 미소가 피어 있었다.

"그래, 아들 어느 학교 들어가?"

"정동고등학교요."

"우리 아들도 정동고 나왔는데 선생님들도 다 좋으신 분이시니까 공부만 열심히 하면 돼요."

"예."

"그래, 그게 효도하는 거야. 어머니. 동하복 다 맞추실 거예요?"

"그러려구요. 번거롭게 따로 맞출 필요 있나."

"그럼요, 그러는 게 좋아요. 아들, 이리 와서 서봐."

아주머니가 서 계시는 전신거울 앞에 가서 서자 치수를 재기 시작했다.

"1학년 때는 조금 클 거야. 그래야 나중에 키가 커도 문제가 없어요."

"예."

치수를 다 잰 아주머니는 옆에 비닐로 포장된 비닐을 뜯고 정동고 교복을 가져왔다.

"자, 입어봐."

그렇게 회색의 바지와 남색의 마이를 입자 마이의 팔소매는 손등까지 내려왔고, 바지도 신발을 반쯤 덮고 있었다.

"어머, 잘 어울리네. 어머니 어떠세요?"

"그러네요. 하복까지 해서 계산해 주세요."

어머니, 그럴 리가요.

지 엄마와 교복을 맞추고 온 딸이 하루 종일 교복이 별로라며, 투정부린 이유를 이해할 수 있게 된 것에 기뻐해야 할지…….

예상은 했지만 거울에 비친 모습은 상상한 것보다 더 참혹했다.

마치, 아이가 아버지 옷을 입은 것 같은 느낌이다.

그나마 다행인 건 학교에서 만날 놈들이 대부분 나와 같다는 것일까…….

교복을 맞추고 집으로 가는 버스를 타자, 어머니는 고등학교에 들어갈 내가 걱정인지 말씀이 길어지셨다.

"아들."

"네."

"고등학교 들어가면 공부 열심히 해야 돼."

"그럴게요."

어머니는 나의 말이 못 미더웠는지 입술을 삐죽이셨다.

"으이구~ 중학교 들어갈 때도 말은 그렇게 해놓고 놀기만 했잖아."

"정말 열심히 할게요."

"그래, 아버지 고생하시는데, 철없이 놀면 안 되는 거야. 너도 이제 어린애가 아니니까 엄마 말 꼭 새겨들어."

"예."

"그리고 예비 소집일인지 뭔지도 며칠 뒤라며? 방학이라고 놀

다가 깜박하지 말고 꼭 가."

"네, 네!?"

"뭘 그리 놀래? 설마… 너 까먹고 있었던 거야?"

어머니의 의심스럽다는 눈총을 받으며 변명을 늘어놓았다.

"아니요. 까, 까먹긴요. 갑자기 물어보셔서 놀라서 그런 거죠."

예비 소집일?

1월에 예비 소집을 했었나… 젠장!

과거에 돌아온 것만으로 다 내 맘대로 될 것 같았던 게 몇 시간 전인데, 뭐 이리 할 게 많고 아는 건 없는지.

그렇게 어머니와 교복을 맞추고 집으로 돌아오자마자, 방으로 들어가 사온 교복을 방구석에 집어 던지고 책가방을 찾기 시작했다.

한쪽에 개어 놓은 이불 옆으로 고개를 빼꼼히 내놓고 있는 갈색 가방이 보였다.

내 기억이 맞다면 방학 때 놀 생각에 책가방에 학교에서 받은 유인물을 그대로 쑤셔 박아 넣고, 개학하기 일주일 전에나 확인했으니 이 안에 들어 있을 것이다.

"……."

형체를 알아볼 수 없을 정도로 구겨진 종이 쪼가리들을 꺼냈다.

구겨진 종이를 펴자 가정 통신문이라는 글씨가 보인다.

딸들이 주던 것도 대충 보던 나의 버릇은 이 학창 시절의 습관에서 비롯된 것일지도 모르겠다.

구겨진 통신물을 한참을 읽었지만, 학교에서 부모님께 보내는 뻔한 말들뿐이었고, 원하는 예비 소집일에 대한 이야기는 없었다.

그렇게 첫 장을 넘겨 다음 장을 거의 다 읽을 때쯤 원하던 단어가 보였다.

[정동고 예비 소집일]
날짜 : 2월 27일. 월요일 10시까지
장소 : 정동고등학교 중앙 현관
준비물 : 책가방, 실내화
※교복 필히 착용.

"휴……."

지금이 1월 중순이니 다행히 아직 한 달은 넘게 남아 있었다.

"아니, 교복을 못 산 애들은 어떻게 하라고 교복 필참이야."

자식을 길렀던 탓인지 자기 일임에도 관심도 없던 딸내미들을 대신해 마누라와 둘이서 고생하던 기억이 떠올라 이런 글귀가 마음에 들지 않았다.

"후……."

방문 옆에 나뒹굴고 있는 교복이 담긴 종이백을 바라봤다.

저걸 입고 가야되다니… 눈앞이 깜깜하다.

됐다. 이 나이에 무슨 옷 타령이냐. 이러고 있을 때가 아니라 고등학교에서 할 일을 정리해야 할 때다.

1월은 순식간에 지나갔다.

그사이 고등학교에서 공부를 해야 할 것들을 정리하고 영어,

수학 중심으로 교과서를 공부하느라 안 쓰던 머리를 굴려야 했었다.

그렇게 집에 있던 문제집을 풀며 다시 돌아온 학창 시절에 적응하려고 노력하다 보니 2월의 끄트머리에 다다랐고, 어느새 정동고 예비 소집일이 있는 27일이었다.

이른 아침, 버스정류장에서 9시에 도착하는 읍내로 가는 버스를 기다리고 있었다.

기다리기 지루해 지갑을 열어 문제집을 산다며 받아온 만 원을 꺼냈다.

신권으로 교체되어 볼 수 없었던 신권의 두 배는 되어 보이는 큼지막한 지폐.

"참, 오랜만에 보네."

다시 보니 정말 크다. 이런 걸 잘도 썼다는 생각이 든다.

하긴 처음 신권이 나왔을 때는 장난감 돈이라는 말을 했었으니 뭐라 할 건 아닌 걸지도 모르겠다.

"야! 최승민!"

추억에 잠겨 만 원을 바라보다 멀리서 들리는 소리에 뒤를 돌아보니, 남색의 정동고 마이에 달린 흰색 명찰에 '박시열'이라 쓰여 있는 나와 별반 다를 게 없는 불쌍한 희생자가 뛰어오고 있었다.

박시열.

도시로 갔던 나완 달리 집안의 가업을 이어 돼지 목장을 운영했던 친구 녀석이다.

명절에 부모님을 뵈러 고향인 이곳에 내려오면, 동창이라며 반겨주던 머리가 벗겨진 녀석의 모습이 선한데, 지금은 풍성하다.

"오~ 시열. 오랜만이다. 잘 지냈냐?"

옆으로 온 녀석을 반갑게 맞아줬다.

연락이 유지되었던 몇 안 되는 고향 친구를 이런 식으로 다시 보니 묘하긴 하지만 즐거운 것은 사실이었다.

"그냥 놀았지 뭐 넌 요새 공부만 한다던데?"

"엥? 어떻게 알았냐?"

"야, 니네 엄마가 너 공부만 한다고 동네방네 자랑하고 다니시는 바람에, 우리 엄마가 너도 집구석에 처박혀서 놀지만 말고 승민이 반만 닮으라고 얼마나 잔소리를 하시는데, 모를 리가 있냐!"

"하하하. 미안, 미안."

"뭐… 니가 미안해할 건 아니지."

역시 순박한 녀석이다.

나였다면 시기를 하거나 잘난 척하지 말라고 말했을지도 모르는 일을.

그건 그렇고.

중학교 시절 평균보다 조금 더 컸던 나보다 조그마한 체구에 순해 보이는 눈매와 동글동글한 얼굴의 시열이 낯설게만 느껴진다.

대머리였던 것이 흠이었지만 180이 넘는 키에 말벅지라 불러도 손색이 없는 허벅지, 그리고 온몸이 목장일로 다져진 노근(노동 근육)으로 탄탄했던 마흔 살의 녀석과 전혀 매치가 안 된다.

특히 저 풍성한 머릿결에 자꾸 시선이 가는 것을 멈출 수가 없다는 게 문제랄까.

그런 내 시선을 느낀 탓일까.

시열이는 자신의 머리를 손으로 두어 번 만지고는 고개를 갸웃하며 나를 바라봤다.

"야, 왜 자꾸 머리만 봐? 머리 새로 깎았는데 이상해?"

"아니, 괜찮아."

"근데 왜 자꾸 힐끔거려?"

"넌 언제 크나 하고."

시열이 녀석의 머리 위로 손을 흔들며 말하자 발끈한 녀석이 소리친다.

"뭐? 두고 봐. 너보다 훨씬 커질 거니까!"

"진짜 그랬으면 좋겠다."

내가 비웃는 것으로 느꼈는지 녀석의 이마에 주름이 진다.

그러지 마라. 나중에 주름살 때문에 후회한다, 녀석아.

"어! 버스 온다."

시열이 녀석의 말대로 멀리서 버스가 오는 것이 보였다.

"그러네. 얼른 타자."

비어 있는 버스를 보자 일찍 온 보람이 느껴진다.

그렇게 시열이와 버스에 오르자 버스는 읍내로 출발했다.

예비 소집일에 가는 다른 동급생들도 하나둘 버스에 타자, 어느새 버스는 정동고 스쿨버스라고 착각이 들 만큼 정동고 교복을 입은 학생으로 가득 찼다.

읍내의 버스터미널에 도착하자 학생들이 우르르 내렸다.

책가방을 맨 그들이 정동고를 향해 움직이는 모습은 개미 떼를 연상시켰다.

정동고는 터미널에서 15분 정도 걸린다.

버스에서 내려 오르막길을 올라 평지에 접어들자, 주변엔 학교 주변임을 알리는 문구점이 즐비했다.

이제는 몇 군데만 남고 사라진 문구점들의 모습과 오버랩되면서, 다른 학교와의 경쟁에 밀려 점점 학생 수가 부족하다던 동창 녀석들의 말이 떠올라 조금 가슴이 쓰렸다.

"야, 떨린다."

정동고 정문이 보이자 긴장한 표정이 역력한 시열.

"건물만 다르지 바로 옆인데 뭐가 떨려."

시열을 안심시키며 눈앞에 보이는 정동고 교문을 통과했다.

적갈색의 벽돌로 지어진 4층 높이의 건물.

저곳이 정동고등학교이다.

정동중과는 바로 옆에 붙어 있다고 봐도 될 정도의 거리에 서 있어, 실제로 고교 입학이라고 해도 중학교 건물에서 20m 정도 떨어진 건물로 옮기는 것뿐이었다.

하지만 낯선 건물과 새로운 선생님들, 무엇보다도 다른 중학교 녀석들이 온다는 것 때문에 우리는 긴장을 할 수밖에 없었다.

그리고 그것을 중앙 현관으로 향하는 주변 녀석들의 표정에서 느낄 수가 있었다.

나도 이 시절엔 긴장을 했었을 것이다.

그러나 지금은 이런 일로 겁을 먹기엔 내 나이가 너무 많다.

이거 참. 일찍 왔다고 생각한 내 예상과는 달리, 중앙 현관에는 수십 명의 학생이 여러 무리로 나뉘어 서 있었다.

아무렇게나 나뉘어 서 있는 것처럼 보이지만 사실 그렇지 않았다.

여러 늑대 무리를 한곳에 몰아넣은 것과 비슷하다고 해야 할까.

현관을 중심으로 가장 많은 수가 모여 있는 좌측의 무리가 정동중 출신이다.

그들 중 딱 봐도 중학교 시절 힘 좀 썼다는 놈들이 머리에 젤을 바르고 바지를 줄인 채, 다른 지역의 녀석들을 경계하며 기세 싸움을 하고 있었다.

그리고 그 뒤로 나와 같은 평범한 학창 시절을 보낸 녀석들이 삼삼오오 친한 녀석들과 모여 이 시간이 끝나기를 기다리고 있었다.

그 반대편 우측은 타 중학교 녀석들이 비슷한 모습으로 대치하고 있었다.

이럴 때 보면 참 노는 놈들도 부지런하다.

"시열아, 가자."

우선 나에겐 이 누가 툭 건드리면 울 것 같은 시열이 녀석부터 진정시키는 게 중요했기에, 긴장한 녀석을 데리고 정동중 출신이 모여 있는 곳으로 향했다.

시간이 흐를수록 점점 긴장감은 고조되고 있었다.

그때 현관의 문이 열리고 흰머리가 드문드문 보이는 날카로운 눈매의 사내가 정장 차림에 한 손에는 엄지손가락 두께의 짧은 막대기를 든 채 걸어 나오고 있었다.

"하! 뭐하냐. 니들 싸우기라도 할 참이냐? 알아서 나중에 싸울 놈들은 싸우게 되니까, 헛짓거리해서 힘 빼지 말고 문에 보면 니들 이름이랑 반이 써 있을 거다. 1반인 놈들부터 계단으로 내려가서 우측으로 4열종대로 모여."

10년 전 정년 퇴임하셨다던 3학년 학년주임 정태호 선생님.

일명 매드독이라 불렸던 그가 노련하게 일촉즉발의 상황에 등장해 사태를 해결했다.

그의 입가에 미소를 보니, 어느 정도 의도한 면도 없잖아 있는 것 같지만.

정태호 선생님의 호령에 아까의 긴장감은 거짓말처럼 사라졌고, 학생들은 서둘러 문에 붙은 흰 종이에서 자신의 이름과 반을 확인했다.

1반이 거의 모일 때 즈음, 선생님께서 1반을 기준으로 그 옆으로 2반, 3반도 줄을 맞추어 서게 했다.

모두가 줄을 맞춰 서자 선생님께서 입을 여셨다.

"내 이름은 정태호라고 한다. 니들이 나를 볼 일은 3학년이 되어 3학년 학년주임인 나를 만나게 되거나, 아니면 뭔가 사고를 쳤을 때일 거다. 뭐, 나야 미리 봐도 상관없지만, 니들도 생활하다 보면 내 별명이 뭔지 알게 될 거다. 그때 가서 후회하지 말고."

그렇게 말씀하시곤 서 있는 우리를 둘러보시던 선생님께서 웃으시며 말을 이으셨다.

"추억에 남는 즐거운 학창 시절을 보내길 바란다. 그럼 정동고에 온 걸 환영한다. 1반 우측부터 2열씩 중앙 현관의 우측 문을 열고 눈앞에 보이는 계단을 올라가면, 1학년 1반이라고 써 있는 문패가 보일 거다. 들어가면 담임 선생님께서 기다리고 계시니까, 조용히 들어가서 맨 앞줄부터 채우면 된다. 이상."

오른손에 들고 계시던 막대기를 한번 휘두르자, 1반으로 배정받은 녀석들이 선생님이 서 계시는 중앙 문 옆의 작은 유리문을 열고 2층으로 올라갔다.

이윽고 2반인 우리 반의 차례가 왔고, 나도 설레는 마음으로 같은 반 학우들과 중앙 현관을 통과해 2반으로 향했다.

2반에 도착해, 내 차례가 되기를 기다리며 주위를 둘러보자 뒤에 박시열 녀석이 보인다.

녀석에게 손을 흔들어 줬지만, 긴장한 탓인지 녀석은 눈치채지 못했다.

저 성격이 어떻게 그리 호탕하게 바뀌는 건지, 세월의 위력을 다시 한 번 느끼게 된다.

그런 녀석에게서 시선을 돌려, 학창 시절을 보냈던 고교의 교실을 둘러보았다.

모두들 얕보이지 않으려는 듯 저마다의 방법을 취하고 있었다.

인상을 쓰는 녀석도 보였고, 바지에 손을 넣은 채 주위를 둘러보는 녀석하며 참 가지각색이다.

그렇게 모두가 자리에 앉자 담임 선생님께서는 교과서를 나눠주며, 고교생활의 기본적인 것들을 알려주셨다. 그리고 3일 후 있을 입학식과 첫날에 배울 과목이 적힌 유인물을 나누어주는 것으로 예비 소집일은 끝이 났다.

처음의 긴장감에 비해 허무하게 끝난 감이 있었지만, 모두가 이것이 끝이 아님을 알고 있었다.

남고의 예비 소집일.

그렇게 고등학교의 시작을 알리는 신호탄은 쏘아졌다.

*　　　*　　　*

3일 후, 고교 입학식이 있는 날이 다가왔다.

난 깜박하고 사지 못한 문제집 사는 것을 잊어버리지 않게 메모장에 써 체크를 한 뒤, 밥을 먹기 위해 밖으로 나가자 아버지께선 이미 식사를 하시고 계셨다.

"승민아."

먼저 식사를 마치신 아버지께서 무언가를 내게 주셨다.

보니 2만 원이었다.

"이게 뭐예요?"

"니 엄마가 고등학교에 올라가니까 너도 용돈이 필요할 거라고 하더라. 한 달 용돈이니까 아껴 써라."

옆에서 식사를 치우고 계신 어머니께서는 나를 보며 웃고 계셨고 그 모습에 나도 웃음이 나왔다.

"그리고 고등학교에 가는 만큼 열심히 해봐. 뭐 네가 알아서 잘하겠지만 애비가 해줄 건 없어도 니놈 서울에는 꼭 보내줄 테니."

"예."

그렇게 부모님께 다녀오겠다는 인사를 하고, 3월이라 그런지 아직은 어두운 하늘을 바라보며 한숨을 쉬었다.

아버지의 마지막 말.

듣고 싶지 않은 말이었다.

예상은 하고 있었지만, 고등학교 1학년 겨울방학 때 아버지께서는 나를 서울로 전학 보내셨다.

이유는 남자는 큰물에서 놀아야 큰 인물이 된다는 것이었다.

그렇게 서울로 전학가게 된 나는 낯선 환경과 아는 사람이 아무도 없다는 두려움에 잔뜩 쫄아 있었고, 엎친 데 덮친 격으로 전학 간 반의 강민기라는 녀석이 시골 출신의 촌놈이라 놀리며 나를 괴롭히기 시작했다.

그렇게 시작된 나의 전학 생활이 순탄했을 리 없다.

아직 고등학교 생활에 대해 완벽히 준비된 상태가 아닌 나에게, 무거운 짐이 하나 더 얹어진 기분이었다.

"후, 역시 가게 되는 건가."

버스정류장에 도착하자 시열이가 반갑게 나를 맞아주었지만, 난 녀석의 말에 집중할 수가 없었다.

그의 말에 대충 대꾸를 해주며, 곧 치러질 중간고사와 전학 가서 만날 강민기에 대한 생각만이 머리를 맴돌았다.

"야, 승민아. 왜 그래? 어디 아파?"

정동고 정문에 도착하자 시열이 녀석이 심각한 내 모습에 걱정스러운 얼굴로 나를 보고 있었다.

"아니, 첫날이니까 조금 걱정돼서."

"하하. 소집일에는 옆으로 가는 거, 뭐 그리 쪼냐더니 너도 걱정됐구나."

자기만 그런 게 아니라는 생각에 기쁜 듯 웃고 있는 녀석을 보니 마음이 풀려 간다.

그래, 지금부터 걱정할 필요는 없다.

정 안 되면 운동이라도 배우면 될 테니. 다시는 예전처럼 살진 않을 것이다.

그렇게 발걸음을 옮겨 정동고 현관에 서자 시간이 흘렀지만, 익숙한 정동고를 보니 추억을 품고 산다는 어르신들의 이야기가 조금은 이해가 된다.

난 추억을 더듬으며, 2층의 1학년 교실로 향했다.

텅 빈 탓에 적막감마저 감도는 복도를 따라 2반의 교실 문을 열고 들어가자, 칠판엔 교탁의 출석부에 적혀 있는 순으로 좌측부터 앉으라는 글씨가 쓰여 있었다.

어디 보자. 21번이니까, 거의 맨 뒤구만.

자리에 앉아 앞을 보니 시열이 녀석이 어색한지 쭈뼛쭈뼛 주변을 보다, 머리를 긁적이는 모습이 보였다.

그렇게 얼마의 시간이 흘렀을까?

콰당!

갑자기 뒤쪽에서 무언가 넘어가는 소리가 났다.

돌아보지 말 것을 그랬다.

머리를 잔뜩 세우고 바지는 타이트하게 줄인 170은 되어 보이는 녀석이 166의 나보다도 작아 보이는 녀석에게 시비를 걸고 있었다.

아까의 소리는 책상이 나뒹굴며 나는 소리였는지 작은 녀석의 책상은 저만치 날아가 있었다.

나이만이 아니라 몸까지 성인이었다면! 하는 생각이 간절했다.

이 몸으로 나서봐야 달라질 게 없다. 싸움을 해본 적도 없는 나였으니까.

그렇게 자위하며 다시 앞으로 고개를 돌렸다.

스스로가 한심해 미칠 것만 같다. 씨발, 최승민! 바뀌고 싶다며!

두 주먹을 꽉 쥐었다.

말릴 용기조차 없었던 나의 이런 모습부터 바꾼다는 다짐을 하며, 떨리는 두 다리에 힘을 주고 자리에서 일어서 그들을 말리기 위해 뒤로 돌아섰다.

하지만 난 내 눈앞에서 벌어지는 광경에 말리려고 했던 사실도 잊은 채, 그 모습에서 눈을 떼지 못했다.

"윤재야, 많이 컸다. 죽고 싶냐?"

"옛날이랑 같을 거 같냐? 너도 이제 별거 아니야 새끼야!"

윤재라는 녀석이 멱살을 잡고 소리치자, 조그마한 체구의 녀석은 자신을 잡고 있는 손을 두 손으로 쳐 풀어내고는 역으로 윤재의 멱살을 잡고 앞으로 확 밀쳤다.

"그럼 붙어보면 되겠네."

말이 끝남과 동시에 공중으로 뛰어오른 녀석은 윤재의 얼굴로 오른 주먹을 번개같이 내질렀다.

'퍽!'

타격음과 함께 윤재 녀석이 비틀대며 뒤로 몇 걸음 물러나자, 그때를 놓치지 않고 비어 있는 턱을 향해 왼 주먹을 날렸다.

그리고 넘어지려는 윤재에게 달려들어 그의 턱을 오른발로 차 올렸다.

그 반동으로 조그마한 녀석의 어깨 높이에 위치하게 된, 윤재의 얼굴에 전광석화같이 주먹이 쉴 새 없이 날아들었다.

대체 이게 무슨 상황인지 눈을 의심할 수밖에 없었다.

그렇게 주먹을 휘두르며 윤재를 벽 쪽으로 밀어붙인 녀석은 얼굴에서 코피가 나고 눈두덩이가 부은 채 정신을 못 차리는 윤재의 가슴을 발로 걷어찼고, 그 충격에 윤재는 벽에 등을 부딪치며 쓰러졌다.

그 모습을 바라보며 천천히 걸어가는, 이 일을 벌였을 거라고 생각되지 않는 평범한 인상의 소년을 멍하니 바라보고만 있던 주변의 녀석들이 그제야 정신을 차리곤 그를 말리는 모습이 보였다.

“이러다 윤재 죽어! 그만 참아.”

“비켜.”

“그래, 현성아 니가 참아.”

현성이라는 녀석은 실제로 가지 않을 모양인지, 친구들의 말림에 강한 행동을 하지 않고, 윤재 녀석을 바라보다 자신의 책상을 제자리에 돌려놓고 있었다.

현성?

설마 정동고 최강이었다던 한현성?

그래, 기억난다. 몇 년 전 정동중 동창회에서 동창 녀석들이 고교 시절 무수한 전설을 남긴 녀석이 잘나가는 금융맨이 될 줄은 몰랐다고 떠들어대던 그가 분명했다.

한현성이라는 것을 알게 되자 지금 이 상황을 이해할 것 같다.

내가 알기론 현성은 정동초 전교 1등이었다. 현성의 성격상 분명 정동중 시절도 조용히 지냈을 것이다.

그런 그를 정동초 시절의 명성에 억눌려 건들지 못했던 녀석이, 조용히 지내는 자신보다 작은 녀석을 만만하게 보고 기회를 노리다 고등학교에 올라오자 시비를 걸었을 것이다.

그와 같은 반이었다니, 하긴 기억 못하는 게 이해가 된다.

그가 먼저 시비를 건 적도 없었고, 자신을 건들지만 않으면 조용히 학교생활을 했다고 했었다.

아마도 난 이런 그의 모습에 겁을 먹고 그에게 다가가지 못하는 평범한 녀석이었을 테니.

그러나 지금은 다르다. 그에게 다가가 친구가 돼야 한다.

내 생각을 안다면 분명 이율 타산적인 모습이라고 말할지도 모른다.

하지만 암울했던 고2 생활을 풀어줄 열쇠를 가진 녀석을 난 놓치고 싶지 않다.

고등학교 첫날 벌어진 이 사건에 2반의 분위기는 가라앉아 있었다.

현성에게 맞은 윤재는 친구들의 부축을 받으며 양호실로 향했고, 얼마 후 교실로 오신 담임 선생님은 출석을 부르시다 이를 눈치채고 싸움을 벌인 현성을 데리고 나가신 상황이었다.

고요한 적막감만이 교실을 감싸고 있었다. 그리고 입학식이 시작되려고 하자, 담임 선생님은 현성을 데리고 교실로 돌아 오셨다.

"허허허. 아무리 사내새끼들만 모아놨다고 해도 첫날부터 이런 적은 내 담임 생활 7년 만에 처음이다, 이 녀석들아. 뭐 이야기 들어보니 별거 아니라서 다행이다만. 그리 치고받아 봐야 남는 것도 읎써. 그건 됐고, 곧 입학식이니까 운동장으로 나가서 줄 서면 돼. 고 틈에 나 몰래 또 치고받으면 안 된다."

남고학생들 사이의 서열싸움을 알고 계신 선생님께서는 특유의 가래가 살짝 낀 목소리로 싸움에 대해선 별말씀 없이 가라앉은 분위기를 띄우려는 듯 농을 하시곤 입학식에 대한 설명을 하셨다.

그리고 잠시 후 입학식을 한다는 방송이 나왔고, 운동장에 모여 교장선생님과 이사장님의 말씀을 듣는 것으로 입학식은 끝이 났다.

입학식이 끝나 교실에 들어와 앉아 있자, 담임 선생님께서 문을 열고 들어 오셨다.

탁! 탁! 탁!

담임 선생님은 칠판에 하얀 분필로 자신의 이름을 쓰셨다.

김주현.

세 글자를 크게 쓰신 선생님은 몸을 돌려 교탁에 손을 올리셨다.

"사내새끼들이 싸움 한 번 일어났다고 뭘 그리 풀이 죽어 있나. 뭐, 됐고 칠판 봐봐라. 칠판에 써 있는 김주현이 내 이름이다. 1년 동안 너희들 담임을 맡게 되었고, 담당 과목은 음악이다."

백육십삼에서 사 정도의 키에 머리가 전체의 오분의 일은 되어 보이는 김주현 선생님.

정말 특이한 선생님으로 내 머릿속에 기억되어 있다.

등교도 1교시 시작종이 치기 전에만 와도 됐고, 걸려도 실내화 가방만 들고 있으면 넘어 가셨다.

나와 시열이 녀석도 그 점을 이용해 가방은 교실에 걸어 두고, 등교는 실내화 가방만 들곤 했었다.

그리곤 아침 일찍 버스를 타고 나온 시간을 이용해, 슈퍼에서 먹을 것을 사먹거나 주변 오락실에서 게임 한두 판을 하고, 선도부가 모두 사라진 후에야 교실로 향하곤 했었다.

한번은 나와 시열이 그리고 같은 반 친구였던 태현은 그 날도 오락실에서 한참을 즐기고, 교실로 향하다가 교실에서 나오시는 선생님과 마주쳤었다.

"안녕하세요~"

"오, 그래. 근데 어디 가따 오노?"

"예, 잠시 앞에 문구점에 준비물 사고 왔어요."

"그래? 들가 봐라."

"예."

그렇게 무사히 교실로 들어가려는 찰나, 선생님의 목소리가 뒤에서 들려 왔었다.

"잠~ 깐. 서 봐라."

'우린 드디어 걸렸구나' 하고 두근거리는 가슴을 진정시키지 못하고 선생님을 바라봤다.

"니하고 너 들어가."

나와 시열이를 손으로 지목하시곤 들어가라고 했다. 그리고 영문도 모른 채 엎드린 태현은 선생님의 몽둥이를 엉덩이로 받아야 했다.

"딱 대라 마. 이놈의 새끼 학생이 실내화 가방을 안 들고 다니나."

지금 생각해도 어이없는 일이었지만, 그 추억의 선생님을 다시 보니 감회가 새로웠다.

"마 중학교 때 반장했던 놈 있노?"

그 말에 몇 명이 손을 들었다.

"오, 많네? 하고 싶은 사람 있나?"

아무런 말이 없자 귀찮은 것을 싫어하셨던, 선생님께선 손을 들고 있던 아이들 중 맨 앞에 앉아 있는 친구를 막대기로 지목했다.

"니 반장. 그리고 반장 뒷줄에 손들고 있는 너 부반장. 뭐 귀찮게 반장 선거 이런 거 하지 말고 니 둘이 계속해라."

선생님의 말씀에 여기저기서 웃음소리가 들렸다.

학생들이 웃자 기분이 좋으셨는지 미소를 띤 채 말을 이으셨다.

"다 경험이다. 그리 부루퉁해하지 말고 해봐. 뭐 궁금한 거 있나?"

첫날의 어색함 때문인지 아무도 질문을 하려 하지 않았다.

"마 사내새끼들이 나한테 질문이 있겠노. 금방 1교시 시작될 거니까 첫날부터 졸지 말고 수업 들어라."

그 말과 함께 막대기로 교탁을 한번 탁 치고는 출석부를 오른

쪽에 낀 채 교실을 나가셨다.

학생 수가 적어 책상은 붙어 있지 않고 모두 떨어져 있는 탓에 중학교에서 친하게 지낸 몇 놈이 떠드는 것을 제외하곤 모두 책상에 앉아 수업 종이 울리기를 바라는 분위기였다.

얼마 후 수업종이 울렸고, 첫 과목인 국어 선생님께서 문을 열고 들어와 자신의 소개를 하곤 수업을 진행했다.

선생님에 대해 생각해 봤지만 졸았던 기억만 날 뿐 딱히 기억이 나지 않는다.

어쩌면 다른 생각에 빠져 있던 탓일지도 모르겠다.

한현성이 보여주었던 모습을 생각하며 그와 친해질 계기를 찾기 위해 그를 힐끔힐끔 쳐다보았지만, 싸움을 한 탓인지 현성의 표정은 굳어 있었다. 수업이 끝난 쉬는 시간엔 책상에 고개를 숙이고 있는 탓에 기회를 잡지 못하고 있었다.

결국 난 현성에게 말 한마디 걸지 못한 채 종례시간을 맞이해야 했다.

"해보니 뭐 중학교 때랑 다를 거 없지? 다 똑같아 그니까 걱정말고, 오늘은 첫날이니까 집에 일찍 기어 들어가고 청소는 앞에 두 줄이 하고 나머진 가봐라. 반장."

"차렷!"

"경례!"

"수고하셨습니다."

딸들에겐 미안하지만 이 시골의 정동고는 3학년부터 야간자율학습을 했다.

그런 고로 난 청소를 해야 하는 시열이 녀석을 두고, 어쩔 수 없이 혼자 하교를 하게 되었고, 동네의 서점에 들러 수의 정석을 산 뒤, 집으로 향하는 버스에 몸을 맡겼다.

버스 좌석에 앉아 방금 산 수의 정석을 바라봤다.

고등학교에 들어간 큰딸에게 사준 기억이 나자, 이 책을 수십 년이 지난 미래에도 학생들이 공부하고 있는데, 대체 어떻게 그런 과학기술들이 나오게 된 건지 의문이 든다.

"후, 두 번을 살아도 알 수 없는 게 이 인생이란 놈인가."

그렇게 여러 생각에 잠긴 채 버스에서 내려 집으로 향했다.

4시에 하교를 했지만 집에 도착한 시간은 6시 40분이었다.

"다녀왔습니다."

내 목소리에 안방 문이 열리며 어머니께서 나오셨다.

"어이구, 내 새끼 왔어?"

"네, 다녀왔습니다."

"그래 공부는 잘했고?"

"네, 할 만했어요."

"그래, 열심히 하고, 배고플 테니 방에서 조금만 기다려 엄마가 금방 밥 차려줄 테니까."

"네."

방문을 열고 책상 옆에 가방을 내려놓고, 의자에 앉아 오늘 배운 교과서를 꺼내 정리하기 시작했다.

아무리 방학 때 준비를 했다고 하지만 기초가 없는 내게 시간은 없다.

더군다나 이미 세상을 경험한 내겐 어느 정도 돌아가는 상황을 알 수 있었다.

곧 중간고사일 텐데 선생님들께서 무턱대고 문제를 낼 리가 없다.

분명 아무것도 배운 것이 없는 첫 중간고사라면 말한 부분에서 나올 확률이 높을 것이다.

예전에는 몰랐던 것들.

공부하는 방법과 세상을 보는 눈이 과거와 다른 나였다.

미리 샤프로 밑줄을 친 부분에 빨간 펜으로 덧칠을 했다.

그런 식으로 중요 부분을 체크를 하고 나자 어머니께서 부르셨다.

"밥 먹어!"

"네"

하던 것을 멈추고 어머니와 학교에서의 일상에 대한 이야기를 하며 식사를 마쳤다.

방으로 들어와 다시 공부를 하기 시작했지만, 오늘 아침에 본 현성이 녀석의 모습이 잊혀지지가 않는다.

"현성이 놈과 친해져야 한다. 싸우는 법을 배운다면 어긋난 첫 단추를 이번엔 제대로 끼울 수 있어."

그렇게 다짐하며 내일 5시에 일어나야 했기에, 10시에 이불을 펴고 자리에 누웠다.

공부를 한다고, 한 번에 수면 시간을 줄이는 것은 바보나 하는 짓이다.

그렇게 해봐야 얼마 못 가 퍼지고 만다.

어릴 적 이미 경험을 했던 난 몸이 익숙해지기를 기다리고 있었다.

*   *   *

고등학교 생활을 한 지 며칠이 지났지만, 아직도 난 한현성과의 접점을 만들지 못하고 있었다.

어느새 점심시간이 시작되는 종이 울렸고 난 결심을 했다.

"야, 그냥 우리끼리 먹자."

혼자 먹고 있는 현성과 같이 먹자는 내 말에, 시열은 첫날 싸우던 현성의 모습 때문인지 꺼리고 있었다.

"야, 친구끼리 같이 먹는 거지. 혼자 먹는데 밥맛이 나겠어?"

내 말에 착한 녀석은 마지못해 고개를 끄덕이며 내 뒤를 따라왔다.

"현성이라고 했지? 여기 앉아도 되지?"

그의 주변 책상은 다른 곳에 모여 먹는 녀석들 때문에 비어 있었다. 난 책상을 현성의 책상에 붙였다.

"그러든지."

"야, 박시열 너도 거기 서 있지 말고 책상 가지고 와서 일루 붙여."

현성이 혹시나 내가 시열을 부른 것에 뭐라고 할까 싶었지만, 다행히 녀석은 별 관심이 없어 보였다.

"뭐 그리 무뚝뚝하냐? 난 최승민. 이쪽에 순둥이가 박시열 앞으로 잘 지내보자."

녀석은 내 말에 황당한 듯 바라보다 이내 웃으며 나와 시열을 받아들였다.

"아, 그래. 알고 있겠지만 난 한현성이다. 네 말대로 잘 지내보자."

그렇게 난 현성과의 첫 대화를 나누게 되었다.

시작은 계산된 것이지만 끝은 그리 맺지 않을 거란 다짐을 하며.

현성과의 친분을 다지며 시열이 녀석과 투닥이는 사이 3월은 끝이 보이고 있었고, 어느새 중간고사 기간이 공지됐다.

첫 시험 공고 4월 26~30일까지 4일간 치러진다는 말에, 조금만 늦게 시험을 봤으면 하는 마음이 강하게 들었다.

그러나 세상은 원하는 대로만 돌아가지 않기에 최선을 다하며 내 노력이 통하길 바랄 수밖에 없었다.

수업에 더 집중을 하고 선생님들께서 중요하다고 하는 부분엔 형광펜으로 칠을 하며, 첫 중간고사에 만전의 준비를 하고 있었다.

예전 정동고 전교 1등 녀석이 필통에 형광펜이나, 여러 색의 볼펜을 가지고 다니는 것을 의아하게 생각했었는데, 서울에 전학 가서 느낀 것은 상위권 녀석들은 모두 비슷하게 들고 다니고 있다는 것이었다.

그것을 보고 뭔가 있다는 생각을 했지만, 그것을 알았을 때는 너무 늦어버린 뒤였다.

책을 단권화함과 동시에 시간을 단축시키고 있었다는 것을…….

이젠 나의 행동을 시열이 녀석과 현성이 녀석이 의아한 눈으로 보고 있다는 것이 다르다면 다르달까.

난 달라질 미래에 무엇을 해야 할까? 요새 느끼는 또 다른 고민이었다.

4월 26일. 드디어 중간고사가 시작되었다.

떨리는 마음으로 부모님의 격려를 받으며 학교로 출발했다.

첫날 보는 과목은 국어, 국사, 화학이었다.

옆에서 공부도 안 한 녀석이 걱정은 왜 이리 많은지, 쫑알대는 시열이 녀석이 귀엽기만 했다.

"승민아, 못 보면 엄마한테 혼날 텐데 어떡하지?"

"맞아야지, 뭐."

"저딴 게 친구라고. 꺼져!"

"하하, 같이 가! 인마."

시열이 녀석은 교실로 달려가기 시작했고, 그런 녀석을 뒤쫓아 달렸다. 교실에 도착하자 역시 아무도 없었다.

"야, 열쇠 가져와야 돼."

먼저 도착한 시열이 녀석이 자물쇠가 달려 있는 문을 보며 말했다.

"그러게. 니가 먼저 왔으니까 니가 가면 되겠네?"

"웃기지마. 가위바위보?"

"그래, 가위바위보!"

갑작스러운 내 외침에 녀석은 습관대로 보를 냈고, 가위를 낸 손을 흔들며 녀석을 조롱했다.

"벼~ 엉신. 갔다 와."

녀석은 얼마 떨어지지 않은 교무실로 향하며 뭐라고 중얼대고 있었다.

시열이가 가져온 열쇠로 문을 열고 자리에 가서 앉았다.

그리고 교과서에 체크된 중요 부분을 보고 나서 문제집을 꺼내 틀렸던 문제를 다시 확인하며 시간을 보내고 있는데 누군가 어깨를 치는 느낌이 들었다.

“열심히 한다? 이러다 니가 전교 1등 하는 거 아냐?”

고개를 돌려 보니 현성이 녀석이 가방을 한쪽 어깨에 걸친 채 나를 보고 있었다.

“왔냐? 뭐 그러면 바랄 게 없겠지만… 그러는 넌 공부 좀 했냐?”

“뭐 하긴 했는데, 중학교 때도 그랬고 잘 나오지 않더라고.”

“그래? 지금은 나도 성적이 나오기 전이라, 너한테 뭐라고 해줄 말이 없다야. 이번 성적이 괜찮으면 너한테도 알려줄게. 몇 가지 들은 게 있는데 잘될지 몰라서 괜히 원망받긴 싫거든.”

“오케이, 잘 보면 꼭 알려줘. 집에서 걱정이 이만저만이 아냐. 공부는 열심히 하는데 성적이 안 나오니까 별말이 다 나오고 나도 죽겠다.”

후에 금융맨이 되었다고 하니, 어느 순간 공부하는 법을 깨닫게 되었거나, 자신만의 노하우를 발견했을지도 모르겠다.

노하우라는 건 별게 아니다.

남들이 모르는 자신만의 비법. 말은 거창하지만 알면 아무것도 아닌 것이다.

하지만 그것으로 인해 인생이 바뀌고 회사가 무너진다.

내가 현성이 녀석에게 알려주려는 것은, 나만의 공부 방법 그것으로 녀석에 대한 미안함을 덜 수 있기를 바란다.

종이 울리고 과거로 돌아와 첫 시험이 시작됐다.

드르륵.

"오늘부터 시험이지?"

시험 감독을 위해 수학 담당이신 박진현 선생님께서 들어오셨다.

운동을 했었다는 말이 맞는지 체구가 남다른 그분은 위트가 넘쳐 학생들이 좋아했었고, 나 역시 재미있던 그분이 싫지 않았었다.

"참고로 한 가지 당부하는데 이건 니들을 위한거야. 옆에 애거 베껴 봐야 둘 다 꼴찌니까 모르면 그냥 쳐 자."

학생들의 웃음소리와 함께 시험지와 OMR카드가 돌려지기 시작했다.

이 노란카드 한 장에 사람이 울고 웃는다니 참 서글프다. 그러나 또다시 내 운명을 이것에 맡기고 있다.

시험이 시작되고 교실엔 필기구 움직이는 소리만 크게 들리고 있었다.

문제는 예상대로 내가 중요 표시를 한 곳에서 대부분 나왔고 난 안도의 한숨을 내셨다.

"눈 돌리지 마. 눈알 굴러가는 소리도 듣는 사람이 나야."

문제를 다 풀고 카드에 옮겨 적고 나자 얼마 안 있어 종이 울렸다.

"시간 다 됐다. 그만 멈추고 맨 뒷줄 일어나서 OMR카드 걷어와."

그렇게 첫 과목은 무사히 넘어갔다.

쉬는 시간에 떠드는 친구들의 모습을 보며, 난 다음 시험 볼 과목의 교과서를 훑어보았다.

집중해 시험을 치루다 보니 어느새 마지막 과목인 국사였다.

함정 문제인 비슷한 문맥의 글에 한 부분만을 틀리게 만든 부분에서, 고전을 면치 못하고 있다.

기초가 부족한 영어와 수학에 시간을 많이 투자한 대가를 여기서 뼈저리게 느끼고 있다.

그렇게 첫날의 시험은 많은 것을 내게 안겨주었다.

돌아온 것만으로 모든 것이 내 뜻대로 되지 않는다는 것과, 나를 바꾸는 것은 노력이라는 것을…….

3장

변화의 시작

마지막 난관이었던 수학을 끝으로 4일간의 중간고사는 막을 내렸다.

그동안의 피로가 한 번에 몰려오는 찌뿌둥한 몸을 움직여 기지개를 펴니, 긴장이 풀리며 주변의 모습이 눈에 들어왔다.

12시 이전에 끝나는 휴일과도 같은 시험 기간을 아쉬워하는 모습과 망친 시험 결과에 울상인 녀석들, 그들 중엔 시열이의 모습도 눈에 들어온다.

그러게 공부 좀 하지.

과거의 난 아마도 저 두 모습에 걸쳐 있었을 것이다.

집에 가서 놀 생각과 조금만 더 노력했으면 더 잘 볼 수 있었는데 하는 후회가 섞인, 아마 대부분이 나와 같지 않을까.

"어이, 표정이 여유롭다!"

시열이 녀석이 현성의 말투를 흉내 내며 다가왔다.

"뭐, 알면서 왜 물어? 그런 넌 왜 말투랑 안 어울리게 표정이 썩었냐?"

"완전 망쳤어. 가출할까? 엄마한테 죽었어……."

용기도 없는 녀석이 무슨 가출은.

"하루 이틀이냐? 그래도 살아남았잖아."

"지 일 아니라고. 현성아, 너도 저 새끼한테 뭐라고 해봐."

어느새 다가와 시열의 어깨에 팔을 두르고 있는 현성을 보니, 둘이 많이 친해지긴 했나 보다.

"뭘 그런 것 가지고 그래. 끝났으면 후련하게 터는 거지. 할매네 분식집에 떡볶이나 먹으러 가자."

난 녀석들과 시험이 끝난 즐거움을 만끽하며, 분식집으로 향했다.

각박한 세상에 학창 시절을 추억하게 되는 건 이런 모습 때문일 것이다.

우린 그렇게 오락실까지 가게 되었고 몇 시간을 신나게 놀고, 집에 도착하자 3시가 넘은 시각이었다.

"그래, 시험은 잘 봤어?"

어머니께서 반갑게 맞아주시며 물으셨다.

"생각보다는 잘 나온 거 같아요."

"그래, 열심히 했으니까 잘 나올 거야."

"네."

웃으시며 머리를 쓰다듬어 주시는 어머니를 뒤로한 채, 방으로 들어와 시험지를 채점을 해보니 88점이었다.

90점을 넘지 못한 것이 아쉬웠지만, 어차피 2번의 시험을 합친 평균이 중간고사 성적이라며 실망스러운 마음을 애써 위로했다.

과거 칠십 중반대의 성적이었던 것과 비교하면 괄목할 만한 성적이니, 지나간 일에 미련을 둘 필요는 없다.

오히려 짧은 몇 개월 동안 거의 30년 터울의 시간을 무사히 적응했다는 것에 만족해야 한다.

며칠 후, 각 반마다 시험 성적이 프린트된 종이가 교실의 벽면에 붙었다.

내 성적은 예상대로 88점. 등수는 전교 12등이었다.

120명이 겨우 넘는 학년에서 88점으로 이 정도 등수인 것은 정동고 대부분의 학생이 공부에 관심이 없다는 것을 의미한다.

오히려 실제로 노력하는 10등 이내의 녀석들을 잡아낼 계획을 세워야 한다.

1등은 예상대로 96점의 김민수, 그였다.

후에 서울의 명문대인 Y대에 합격하는 녀석을 보며, 난 전학을 간 것에 대해 후회하기도 했었다.

이번 삶의 첫 목표는 녀석을 넘어서는 것과 전학 후의 암울했던 생활을 바꾸거나, 아예 전학을 없던 일로 만드는 것.

성적표 주변은 성적을 확인하려는 친구들로 정신이 없었다.

그리고 그런 녀석들의 관심은 중학교 때부터 잘했던 김민수가 아닌, 중하위권에서 갑자기 상위권으로 치고 올라간 내 성적이었다.

"최승민? 중학교 때 나랑 비슷했던 걸로 아는데."

"그러게? 이 새끼 웬일이래. 뽀록인가?"

성적을 확인한 녀석들 중 안면이 있던 녀석들은 나에게 한 마디씩 하며 부러워하는 모습을 보이기도 했다.

"야, 너 많이 올랐다. 공부 좀 했나 본데."

"죽을 각오로 했어, 새꺄."

"이럴 줄 알았으면 나도 공부 좀 할걸."

남이 한 일은 쉬워 보인다.

그것이 자신과 비슷했던 이가 한 것이라면 더욱더.

하지만 세상에 쉬운 일은 존재하지 않는다. 언젠가 깨닫게 될 것이다.

먼 후에 동창회에서 만날 이들이 그런 것처럼.

"최승민. 야, 이럴 줄 알았으면 그때 물어볼 걸 그랬다."

한현성이 웃으며 다가온다.

나는 그 모습에서 직감하고 있었다. 드디어 기회가 찾아 왔음을.

"이렇게 될 줄은 꿈에도 몰랐다니까. 하하하"

"웃기고 있네. 혈압 올리지 말고, 뭘 했길래 그렇게 성적이 올랐는지 빨리 말해봐!"

나를 보는 그의 눈엔 간절함이 가득했다.

"대신 나도 하나 물어보자."

"뭘?"

궁금한 듯 그의 미간이 살짝 위로 올라갔다.

"니가 공부 잘하는 방법을 알고 싶은 것만큼, 나도 싸움 잘하는 법을 알고 싶거든."

"뭐? 그딴 걸 알아서 어따 쓰게. 다 쓰잘때기 없는 거야."

"그냥 순수한 호기심이지. 나보다 키도 작은 니가 어떻게 그러는지."

"알려주기 싫으면 그냥 알려주기 싫다고 해, 인마. 그런 걸로 뭐라 안 해."

현성은 내가 장난치거나, 알려주기 싫어서 하는 행동이라고 생각했는지 인상을 쓰고 있었다.

"알려준다니까. 근데 궁금한 걸 어떡해. 나도 조금은 싸움을 잘하고 싶기도 하고, 불량배라도 만나면 어떡해."

"아휴, 넌 평소엔 어른스러운 놈이 이렇게 엉뚱할 때가 한 번씩 있더라. 잘 들어."

녀석은 알까. 내가 지금 얼마나 간절히 녀석의 말에 귀 기울이고 있는지를.

"그냥 멱살을 확! 하고 잡아. 그리고 벽으로 밀어붙인 다음에 멱살 잡은 손을 잡아당겨. 그러면 상대가 균형을 잃고 비틀거릴 거야. 그때 주먹으로 패기 시작하면 게임 끝이야."

"벽이 없으면?"

"그럼 밀어붙이면서 멱살을 잡은 손을 틀어버린 다음에, 나머지 손으로 패면서 계속 밀고 가. 상대가 정신 못 차리게."

이 녀석… 말은 참 쉽게 한다.

"한번 보여줘 봐."

"후우, 참 바라는 것도 많다."

현성은 나에게 다가와 가볍게 벽으로 미는 시늉을 하고는 멱살을 살짝 잡고, 비틀며 주먹으로 치는 흉내를 냈다.

"야, 그러지 말고 제대로 해봐. 하나도 모르겠어."

녀석은 계속되는 질문에 화가 났는지, 말도 없이 나를 벽으로 세게 밀치고는 멱살을 잡은 손을 비틀었다.

난 벽에 부딪친 충격에 정신을 못 차리다 그가 손을 놔주자, 그때서야 정신을 차릴 수 있었다.

툭, 투둑.

무언가 떨어지는 소리가 들려 밑을 내려다보니 와이셔츠 단추 2개가 바닥을 구르고 있었고, 내 와이셔츠 상단의 옷단이 찢어진 것을 볼 수 있었다.

온몸에 소름이 돋았다.

이거다! 남들과 비교도 안 되는 이 악력과 그의 타고난 싸움꾼 기질이 합쳐져, 현성을 누구도 건드리지 못하게 했을 것이다.

"아씨, 미안. 옷은 내가 물어줄게. 적당히 하려고 했는데."

가슴이 터질 듯 기쁜 나에게 그의 미안한 표정과 행동은 눈에 들어오지 않았다.

"아냐! 인마, 괜찮아. 내가 부탁한 건데 그럴 필요 없어."

"그래도… 내가 물어줄게."

"됐다니까. 공부 잘하는 방법이나 들어, 자식아."

"뭔데?"

"교과서 위주로 열심히 하면 돼."

황당한 표정의 현성의 입가에 미소가 커지고 있었다.

"내가 진짜! 싸움 잘하는 법을 알려줄게. 실전이 최고야. 일로 와~"

"오케, 오케. 알았어. 알려줄게."

현성이 양손으로 어깨를 잡을 때 즈음 난 손을 들어 보이며, 알았다는 제스처를 취했다.

"잘 들어."

난 녀석에게 내가 알고 있는 공부 방법에 대해 설명을 해주었다.

"밑줄 칠 땐 자를 대고 해. 안 그럼 나중에 밑줄이 삐뚤삐뚤해서 가독성이 떨어져."

후, 오래전 기억이 떠오른다.

공부를 하던 딸내미가 대충 눈대중으로 밑줄을 치기에 뭐라 했었다.

그때, 딸에게 들은 이야기는 나의 가슴에 대못이 되어 박혀 있다.

"그래서! 아빠는 학교 다닐 때 공부 잘했어!"

그때 버릇을 고쳤어야 했는데, 하긴… 할 말이 없었다. 못했으니까. 그런 일들이 어제 같은데 이렇게 다시 볼 수도 없게 될 줄이야.

마냥 귀여워만 했던 딸들.

만약 자식을 다시 키우게 된다면 부끄럽지 않은 아버지가 그리고 다신! 버르장머리 없이 오냐오냐 키우진 않을 것이다.

"가독성?"

"좀 더 보기 편하다고. 보기 좋아야 한눈에 들어오고 나중에 한 번 더 보게 되니까. 그리고 볼펜은 얇은 걸 쓰고 두꺼운 걸 쓰면 나중에 강조를 형광펜으로밖에 못하게 되니까."

"오~ 너 뭔가 있어 보인다. 이렇게 하면 성적이 팍팍 오른단 말이지?"

"뭐, 그 상태로 죽도록 노력하면 전보다는 오르지 않을까?"

"오를 거 같아. 맨날 교과서만 주구장창 읽으면서 하는 것 보단 낫겠지."

소중한 사실을 알려준 친구에게 나 역시 보답을 해주었다.

이 일로 현성은 어떻게 달라지게 될까?

난 현성에게 들은 말을 정리해 두 가지 결론을 내렸다.

그의 말대로 실행하기엔 나의 악력이 부족하다. 또한 현성처럼 운동신경을 타고 나지도 않았다. 따라서, 그와 비슷해지려면 준비가 필요했다.

수업을 들으며 생각을 정리하자 어느새 마지막 수업의 종이 울렸고, 김주현 선생님께서 종례를 하러 들어 오셨다.

"거, 요번에 성적표가 나왔어요. 뭐, 니들 생각하면 이걸 주고 싶지 않다만 뭐 어쩌겠노. 부모님 도장 받아 오라는데 번호대로 나와서 받아 가라."

과거 지옥과도 같았던 성적표 배부.

지금은 한결 여유로운 표정으로 친구들의 표정을 바라볼 수 있었다.

이러면 안 되지만 웃음이 나오는 것을 참을 수가 없다.

최상위의 성적은 아니지만 달라진 성적은 이 시간을 즐겁게 만들었다.

"오, 승민이 성적이 좋아. 이대로만 하면 돼. 응, 알겠어?"

"예."

과거엔 느껴보지 못한 이런 느낌을 매번 느낀 놈들은 그 매력에 빠져 다시 느끼기 위해 노력하겠지. 참 쉬운 일인데 그땐 뭐가 그리 싫었던 건지.

"뭐 너무 의기소침하지 마라. 시험 못 봤다고 달라질 건 없어. 다음에 잘하면 되는 기고, 공부에 소질 없으면 장사라도 하면 된다. 너무 걱정하지 말고 아부지한테 몇 대 맞으면 되지. 반장."

"차렷! 경례!"

"수고하셨습니다."

학교를 끝마치고 시열이 녀석과 읍내 체육사로 향했다.

"야, 체육사는 왜? 체육복 안 샀어?"

하, 이 녀석의 정신세계가 궁금해진다.

시열이 녀석도 나처럼 과거로 돌아왔으면 안 되었던 걸까…….

"넌 바보냐? 체육시간에 내가 교복 입고 운동하디?"

"…야, 그럴 수도 있는 거지. 그걸 가지고 바보는! 그럼 왜 가는데!"

"악력기 사려고."

"악력기가 뭔데?"

"손에 쥐고 꾹꾹 누르는 거 있잖아."

"뭔 소리야?"

"…됐다. 너랑 무슨 말을 하냐. 그냥 가서 봐."

녀석의 불만 섞인 눈초리를 외면한 채 체육사로 향해 악력기를 구입했다.

그제야 시열이 녀석은 악력기를 보더니 안다는 듯 중얼거렸다.

"아, 이거~ 야. 근데 이건 왜 사?"

"필요하니까."

버스를 기다리며 시열이 녀석의 궁금증을 풀어주어야 할 것 같다.

그래야 시열이 녀석의 과로사할 것 같은 입을 조금은 쉬게 해줄 수 있지 않을까. 더불어 내 귀도.

"야, 내가 벌써 백번은 물었잖아. 그러니까 왜 필요하냐고!"

"아, 공부하면서 가끔 집중이 안 돼서 알아보니까, 이런 식으로 악력기를 쥐고 하면 처음엔 불편해도 나중엔 집중이 더 잘된다더라고."

"호오, 고등학교 올라오더니 맘 잡았나 봐. 학교에서도 공부, 집에서도 공부. 대단하다, 최승민! 1등하면 한턱 쏴!"

단순하고 순박한 이 녀석은 역시 곧이곧대로 믿는다. 부럽다, 시열아.

"다녀왔습니다."

시열이 녀석과 헤어지고 집에 도착하자 내 인사에 어머니께서 안방에서 나와 반겨주셨다.

"아들 학교 마치고 왔어~ 어머, 근데 옷이 왜 그래?"

아, 잊고 있었다.

"아, 교실 문에 걸려서 찢어졌어요."

"그래……? 혹시 싸운 거 아니지?"

"에이, 제가 무슨 싸움을 해요. 아니에요. 정말 문에 걸려서 찢겼어요."

어머니는 싸움이 아니란 사실에 걱정스러운 표정에서, 성난 암사자로 돌변해 나를 보고 계셨다.

"다음부턴 조심해, 인석아! 며칠이나 됐다고 벌써 옷을 찢어! 으휴, 칠칠치 못한 놈."

"죄송해요."

"됐어. 밥이나 먹어!"

"아, 그리고 요번에 성적표 나눠 줘서 가지고 왔어요."

난 가방에서 성적표를 꺼내 화를 내시던 어머니께 드렸다.

"성적표? 어디 줘봐. 12등? 어머머머! 아이구, 내 새끼. 내 이럴 줄 알았어요. 니가 날 닮아서 조금만 노력하면 전교 1등도 문제없다니까! 계속 이렇게만 해. 우리 승민이, 어이구~ 잘했어."

어머니는 엉덩이를 두드려 주시며 기뻐하셨다.

이 나이에 엉덩이는 좀. 그것보다 어머니, 변화가 너무 빠르세요…….

"하하하……."

"기다려, 내 새끼. 엄마가 금방 윤 씨네 가서 고기 사올 테니까!"

"엄마, 안 그래도 돼요."

어머니는 내 말은 귀에 들리지도 않으신지 지갑을 챙겨 밖으로 나가셨다.

그렇게 어머니의 말을 전해들은 아버지까지 오신 덕분에, 어머니께서 사 오신–내 인생 최고의 맛으로 기억될–고기를 먹으며 가족과 오랜만에 즐거운 시간을 보낼 수 있었다.

그리고 현성이의 말을 듣고 악력기를 손에서 떼지 않고 생활을 한 지 한 달이 지났다.

시간은 빠르게만 흘러간다. 오늘도 난 새벽의 윤촌리를 달리고 있다.

"후… 후……."

부족한 체력을 위해 새벽 4시에 일어나 동네를 한 바퀴 돌던 것이 이젠 하루 일과가 되었고, 아버지의 목장일도 도와드리고 있다.

하는 일이야 젖소들의 젖을 모아놓은 통을 아버지가 일하시기 편하게 옮겨놓는 정도이지만, 아버지께 조금이나마 도움을 준다는 생각에 웃고 있는 나를 발견한다.

운동을 마치고 샤워를 하며, 거울로 본 몸엔 어느새 근육이 조금 붙어 있다.

방으로 들어가 교복을 입으려고 옷장을 여는데, 옆에 보이는 못을 박아 넣고 매단 천은 거의 걸레가 되어 있었다.

하루에 열 번, 공부를 하다 휴식을 취할 때마다 저 천을 잡고 당기는 연습을 해왔다.

그러나 가끔은 불안해진다. 이걸로 충분한 것일까. 모르겠다.

불안한 마음을 떨쳐 내고 하루를 시작하기 위해 버스정류장으로 향했다.

"오~ 승민아."

멀리서 파란 스트라이프의 하복을 입은 시열이 녀석이 손을 흔들고 있었다.

"일찍 나왔네?"

"어, 해가 빨리 뜨니까 더워서 일어났지, 뭐."

언제나처럼 일상적인 대화를 하며 우린 학교로 향했다.

과거와 달라진 점은 오락실이 아닌 교실로 직행한다는 점일까.

교실 문을 열고 자리에 앉아, 오늘 배울 과목을 예습을 하기 위해, 가방에서 교과서를 꺼내 읽고 있었다.

얼마나 시간이 지났을까 문이 거칠게 열렸다.

쾅!

"하, 씨발……."

뭐지? 갑작스러운 굉음에 고개를 돌려 문 쪽을 바라보니 성만이 녀석이었다.

얼굴엔 퍼런 멍들이 가득한 모습의 녀석에게 그의 패거리들이 모여드는 모습이 보였다.

그날이 오늘이었나?

성만이 녀석과 친했던 상민이 그를 보더니 놀란 듯 물었다.

"야! 너 얼굴이 왜 그래? 어떤 새끼야?"

"아, 씨발… 개 털렸어."

"뭐? 누구한테! 언제?"

"칠성 당구장에서 나오는 길에 조폭이랑 부딪쳤어."

"조폭? 그래서 싸운 거야?"

"그 개새끼가 어린 새끼가 치고도 사과도 안 한다면서 다짜고짜 패기 시작하는데, 씨팔… 괜히 조폭이겠냐……."

"야, 그래도 씨팔. 같이 치기라도 하지."

"강호동만 한 놈이 덩치로 밀어붙이는데 뭔 수로 새꺄! 너도 그 상황이면 후… 됐다, 씨발……."

반 친구들은 성만이 패거리들의 눈치를 보며, 평범한 일상에 온 이 특별한 사건을 듣기 위해 그들의 말에 귀 기울였다.

성만이 녀석이 자리에 가서 앉아 그때의 상황을 풀어놓기 시작했다.

난 그 모습을 바라보다 예전 이 일에 대해 생각했던 것이 떠올라, 웃음이 나오려 하는 것을 참았다.

그때였다. 상민이 녀석이 나에게 소리를 지르며 다가온 것은.

"야, 최승민! 성만이가 처맞고 왔다니까 웃기냐? 씨발놈아."

나도 모르게 겉으로 티가 난 것 같다.

하아……. 예상치 못한 불꽃이 나에게로 튀었다.

"우습냐고. 말을 해, 씹새야."

사실 내가 잘못한 것이 맞다.

나라도 친구가 맞고 왔는데 누군가 웃는다면, 기분이 나쁜 것은 사실이니까.

"그것 때문에 그런 거 아니야. 공부하다 그냥 잘 풀려서 웃은 거야. 기분 나빴으면 미안하다."

"야, 최승민. 야, 이 새끼야. 너 그게 말이 된다고 생각해? 존나 우리가 우스워? 어? 어? 말을 해, 이 씨발놈아."

이상민. 이 새끼 같은 반 녀석들이 지네 패거리를 우습게 볼까 걱정하던 찰나에, 웃고 있던 날 타깃으로 삼아 분위기를 잡으려는 것은 아닐까. 내가 만만하게 보이는 건가.

녀석의 행동에 고2의 내 모습이 떠올랐고, 난 화가 치밀어 오르고 있었다.

"야, 이상민. 씨발놈아, 그만해라. 승민이가 미안하다잖아."

자리를 박차고 일어나려는 순간, 자리에서 일어나 내 쪽으로 다가오는 현성의 모습이 보였다.

"현성아… 그런 게 아니라 승민이가 하… 성만이를 비웃잖아."

"개소리 그만하고 그럴 의도가 아니라고 하면, 그렇게 알고 꺼져, 새끼야."

이게 나와 현성의 차이였다. 힘이 있는 자와 그렇지 못한 자.

금세 비굴한 모습으로 자리를 뜨는 상민의 모습.

이렇게 상황은 마무리되었다. 아니, 그런 줄 알았다. 쉬는 시간의 끝날 무렵, 상민이 녀석이 내게 오지 않았다면.

"야, 최승민. 현성이랑 같이 노니까 뵈는 게 없지. 이 씨발놈아. 학교 끝나고 옥상으로 와라. 현성이 새끼한테 말하거나 안 오면 뒤진다."

귓가에 속삭이고 자리를 뜨는 녀석의 뒷모습을 바라봤다.

어린 시절의 나라면 겁을 먹고 어찌해야 할지 몰랐겠지만, 지금의 나에겐 그저 우스울 뿐이었다.

현성이 녀석이 두려워 아무것도 못한 저놈이 내게 무슨 짓을 할 수 있을까.

철없고 어린놈.

내가 녀석에게 느낀 전부이다.

하지만 난 옥상으로 갈 것이다. 만만하게 보이는 것도, 과거처럼 수동적으로 끌려다니는 삶에도 이젠 지쳤으니까. 그리고 궁금했다.

이 삶을 바꾸기 위해 내가 한 노력이 헛수고인지, 그렇지 않으면 날 지탱해 줄 원동력이 되어 줄 것인지 오늘 결판이 날 것이다.

평소에 빨리 흘러가던 시간이 더디게만 느껴진다.

그리고 수업이 하나씩 끝이 나고, 약속된 시간이 다가올수록 점점 긴장을 하고 있다는 것을 느낄 수 있었다.

두 손에선 땀이 나고 있었고 가슴은 쿵쾅거리며 뛰었다.

진정하자, 최승민. 별거 아니야. 넌 할 수 있어.

수업은 끝이 났다. 난 깊게 숨을 쉬며, 떨리는 마음을 다잡았다.

"후우……."

"야, 뭐 해. 집에 가자."

시열이 녀석이 문에 서서 나를 기다리고 있었다.

"야, 오늘은 너 먼저 가라."

"왜? 뭐냐. 너 혼자 뭐 먹으려고 그러지?"

하하… 몸에 남아 있던 긴장이 한순간에 풀려 버렸다.

"후… 넌 씨. 날 뭘로 보고… 내가 너냐? 박진현 선생님 좀 잠깐 만나고 가려고."

"왜?"

"수학 문제집 풀다가 모르는 게 있어서 물어보려고."

"그래? 그럼 기다려 줄게."

"됐어, 인마. 오락실에서 놀고 있어 내가 갈게."

"알았어. 그럼 빨리 와 기다린다~"

시열이 사라지는 모습을 바라보다 마음을 다잡고 4층의 옥상으로 향하는 계단을 올랐다.

"후… 긴장하지 마. 연습했던 대로 하면 돼."

끼익…….

옥상의 문이 열렸다.

6월의 오후인지라 해는 중천에 걸려 있었고, 그 탓에 뜨거운 햇빛이 내리쬈다. 그리고 그 빛을 받으며, 옥상 주위에 쳐진 철조망에 짝다리를 짚고 서 있던, 상민이 천천히 나에게 다가오고 있었다.

지면 쪽팔릴 것 같았는지 녀석의 패거리는 보이지 않았다.

"씨발, 왔네. 난 존나 겁먹고 내일 현성이 새끼한테 고자질할 줄 알았는데……."

"싸울 거면 싸워 뭔 말이 그리 많아. 현성이한텐 한마디도 못하면서 뒤에서 뒷담화 까면 좋냐."

후… 긴장된 마음을 추스려야 한다.

"씨발놈아! 걱정하지 마. 현성이 그 새끼도 너 조진 다음에 손봐줄 거니까."

난 후들거리는 다리를 진정시키며 녀석을 노려보았다.

"지랄하고 있네."

내 말에 화난 녀석이 달려오며 주먹을 날렸다.

퍽!

그것을 피하며 주먹을 날리려던 생각과는 달리, 난 떨리는 다리로 경직된 채 서 있을 뿐이었다.

바보처럼 서 있던 난 그의 주먹에 얼굴을 정통으로 맞았고, 그렇게 선방을 맞은 후 뒤늦게 떨리는 주먹을 휘두르며 대응을 했지만 부질없는 짓이었다.

싸워본 적 없는 눈 먼 내 주먹이 간혹 녀석의 얼굴을 때렸지만 그뿐이었다.

상민은 마치 샌드백을 치는 것처럼 날 두들겨 패고 있었다.

"개새끼야. 그러게 조또 아닌 게 현성이 새끼 믿고 설치지 말라고!"

기세등등한 상민의 말을 들으니 후… 씨발. 지금까지 해왔던 게 다 부질없는 짓이었나 하는 생각만 머릿속에 맴돌았다.

이대로 지는 걸까? 최승민. 뭐라도 해봐. 비참하게 처맞지만 말고!

눈물이 날 것 같다. 멱살을 잡고 밀어붙이면 된다던, 현성의 말과 현실은 너무 괴리가 있었다.

"이 씨발……."

한 번만 잡아 병신아! 눈앞에 있잖아. 이대로 질 거야? 바뀌고 싶다면서…….

질 수 없다는 일념으로 이를 악물며 온 힘을 다해 그의 멱살을 잡았다.

"웃기지 마! 씨발놈아! 니가 그렇게 잘 싸워? 그럼 현성이 새끼한테도 나한테 하는 것처럼 해보지 그래! 이 개새끼야!"

죽을힘을 다해 녀석의 멱살을 잡은 채 철조망 쪽으로 밀어붙였다.

주먹을 날리던 녀석은 맞고만 있던 나의 갑작스러운 행동에 당황했는지, 그대로 중심을 잃고 다리가 꼬였고, 결국 미는 내 힘을 감당하지 못하고 뒤로 밀려나고 있었다.

쾅!

상민을 현성의 말대로 철조망에 강하게 밀어붙였다.

녀석은 내 손을 뿌리치려고 팔을 잡아 왔지만, 철조망에 밀착해 있는 탓에 별다른 저항을 못했다.

난 멱살을 잡고 있던 두 손에 힘을 주어 강하게 왼쪽으로 잡아당겼다.

균형을 잃고 비틀댈 줄 알았던 예상과는 달리, 상민은 그대로 바닥에 내동댕이쳐지며 쓰러졌다.

당황한 녀석의 눈빛.

이 기회를 놓치면 끝이라는 생각이 들었다.

주먹을 날리려는 상민의 행동을 막기 위해 멱살을 꽉 잡은 채, 그의 몸으로 올라타 녀석의 손을 움직이지 못하게 했다.

그리고 떨리는 주먹으로 녀석의 얼굴을 있는 힘껏 내려쳤다.

고개가 꺾이는 그를 왼손으로 잡은 멱살을 당겨, 제자리로 오게 만든 후 계속 주먹을 날렸다.

"씨발! 사람 만만하게 보지 마. 현성인 현성이고 난 나야! 새끼야! 비겁하게 뒤에서 지랄하는 너 같은 새끼한테 욕먹고 가만히 처맞고만 있을 거라고 생각했다면 지금 똑똑히 기억해!"

울분을 토해내며 주먹을 날렸고, 바닥에 눕혀진 채 주먹을 받던 녀석이 울기 시작했다.

그 모습에 천천히 그를 잡은 손을 놓고 일어섰다.

하… 방금 전 치열했던 일들이 꿈인 것만 같다.

긴장이 풀린 탓인지 온몸에 힘이 빠지는 기분에 다리에 힘을 주고, 쓰러져 있는 상민을 뒤로한 채 옥상을 내려왔다.

욱신거리는 얼굴의 상태를 확인하기 위해 2층의 1학년 화장실에서 거울을 보니, 입술은 터져 피가 나고 광대뼈 부분도 붉게 달아올라 있었다.

후… 어머니께 싸움은 하지 않는다고 말한 것이 한 달 전인데. 뭐라고 말을 드려야 할지…….

우선 기다리고 있을 시열이 녀석을 만나러 오락실로 향했다.

들어가니 오락에 빠져 있는 녀석을 볼 수 있었다.

"박시열, 가자."

"왔어? 야! 너 얼굴이 왜 그래?"

"그렇게 됐어."

"뭔 일인데? 선생님 만나러 간다더니 뭐야? 싸운 거야?"

"어."

"누구랑? 왜!"

"상민이 새끼가 시비를 걸어서 한판 붙었어."

"참 나, 그 새끼 현성이 있을 땐 꼼짝도 못하더니 하여간 재수 없었어. 근데 이겼어?"

걱정이 되는지 불안한 표정으로 나를 보는 시열. 난 고개를 끄덕여 줬다.

"휴, 다행이네. 그건 그렇고 얼굴이 그 모양인데, 니네 엄마한테 혼나겠다."

"그러게 말이다. 일단 버스나 타자."

시열과 버스를 타고 나서야 이겼다는 실감이 났다.

아까는 상민의 모습에 끝났다는 안도감만이 나를 감싸고 있었지만, 승리의 환희에 전신으로 퍼지는 묘한 떨림을 느낄 수 있었다.

원했던 일방적인 승리는 아니었지만, 내 노력이 헛되지 않았다는 것 하나만으로 난 만족한다.

문제는 상처를 보고 놀라실 어머니.

역시나 집으로 돌아온 상처투성이의 아들을 보신 어머니는 불같이 화를 내셨다.

결국 누가 이랬냐며, 당장 달려가려고 하시는 어머니를 진정시키느라 애를 먹어야 했다.

"그래, 왜 싸웠냐?"

저녁을 마치고 아버지께서 안방으로 부르셨다.

"예, 제가 실수를 해서 미안하다고 했는데도, 계속 시비를 걸어서 어쩔 수 없었어요."

내 말에 아버지는 조용히 나를 바라보며 입을 여셨다.

"그래, 사내놈이 그런 걸 참으면 안 되지. 네가 먼저 싸움을 건 게 아니라니, 오늘은 그냥 넘어가마. 하지만 쉽게 주먹을 쓰진 마라."

"예, 아버지."

"아니, 당신은 애가 얼굴이 이렇게 됐는데, 싸운 게 뭐 자랑이라고 그래요! 따끔하게 혼을 내야죠!"

"아, 이 여편네는 참. 혈기왕성한 나이에 그럴 수도 있지. 그만해. 당신 성격에 나 오기 전까지 저놈 들들 볶았을 게 뻔한데."

어머니께서 아버지의 말씀에 참지 못하고, 화를 내려는 모습에 아버지는 그만 나가보라는 손짓을 하셨다.

난 조용히 고개를 숙이고 자리를 나섰다.

"최승민! 어딜 일어서!"

"하… 됐어, 됐어. 승민인 얼른 들어가서 공부나 해."

부모님의 투닥임에 눈치를 살피며 안방을 나와야 했다.

이불이 깔린 바닥에 누워 상민과의 싸움을 생각하며 주먹을 꽉 쥐었다.

과거엔 없었던 일이 일어났다. 예상하지 못했던 일이었지만 이겨낼 수 있었다.

이것을 위해 준비해 온 것은 아니었지만 내 노력이 만든 결실이다.

지금까지 해온 대로 해나간다면, 무엇이든지 할 수 있다는 자신감이 생긴다.

아마도 오늘밤은 쉽사리 잠들지 못할 것 같다.

"전학을 막지 못한다면 녀석을 만나게 되겠지. 강민기… 그래도 상관없어. 예전과 다를 테니!"

다음 날.

입술이 퉁퉁 부은 탓에 어머니의 걱정 어린 말을 들으며 집을 나섰다.

"푸하하하, 최승민. 너 입술 졸라 웃겨! 오리! 오리!"

하… 저 등신이 내 친구라니…….

"박시열, 그만해라. 너도 이렇게 만들어주는 수가 있어?"

"푸히히, 알았어. 알았다고."

알겠다는 말과는 달리 녀석의 눈은 초롱초롱 빛나고 있었고, 입은 참지 못하겠는지 부르르 떨리고 있었다.

하… 결국 난 녀석의 머리를 쥐어박고 나서야 화를 풀 수 있었다.

"최승민."

반 친구들이 내 얼굴을 보고 한 마디씩 하기 시작했다.

"야, 싸웠어?"

"아니, 아침에 목장일 도와드리다가 젖소 만지는데 소가 머리로 받았어."

"하하하. 등신 조심 좀 하지."

몇몇은 내 얼굴과 상민의 얼굴에 뭔가를 느낀 것 같았지만, 성만 패거리 녀석들의 표정이 좋지 않자 분위기만 살피고 있었고, 상민 역시 아무 말도 하지 않고 있자, 내가 싸운 일은 아무도 모르게 조용히 넘어가는 것처럼 보였다. 그때, 교실 문을 열고 현성이 들어섰다.

반갑게 인사를 하던 녀석이 내 얼굴을 보더니, 금세 표정을 굳히며 다가왔다.

"너 그거 왜 그래?"

"별거 아냐."

"혹시 이상민이냐?"

평소 살짝 처져 착해 보이는 녀석의 눈매가 날카롭다.

"됐어, 인마."

현성이 녀석이 상민의 패거리 쪽으로 가려는 것을 어깨를 잡아 멈췄다.

"뭐가 돼."

"걔 얼굴도 만만치 않을걸."

상민의 패거리는 아까부터 내 쪽을 바라보고 있었다.

아마 상민이 녀석에게 전해 들었을 것이다.

하지만 내가 녀석을 이겼다고 자랑을 하고 다니지 않는다면, 저쪽에서 먼저 나서는 일은 없을 것이다.

평범한 나에게 졌다는 소문이 나서 좋지 않은 쪽은 녀석들일테니.

"이겼냐?"

내가 웃으며 고개를 끄덕이자 녀석의 표정이 풀렸다.

"그럼 됐다. 다음에도 그런 일 있으면 말해, 인마. 그렇게 쥐 터지지 말고."

"그럴게."

아마 이 녀석이 없었다면, 상민 패거리도 저리 가만히 있지 않았을지도 모른다. 난 정말 대단한 녀석을 친구로 만든 것 같다.

우리의 싸움은 없었던 것처럼 반은 평소의 밝은 분위기였다.

"야, 거기 가봤어?"

평소 2반의 정보통인 민기영이 평소 같이 놀던 정호진에게 말을 걸고 있었다.

그 모습에 반 친구들은 말재간이 좋은 녀석의 말에 집중하고 있었다.

"어딜 가봐? 뭐 생겼어?"

"JD 피씨방 어제 개업했잖아."

"피씨방? 뭐하는 덴데?"

"아, 병신 조또 모르네. 별들의 전쟁이라는 게임이 있는데 장난 아냐."

"별들의 전쟁? 그게 뭐야?"

"이따 가보면 알아. 돈 있냐? 좀 비싼데."

"얼만데?"

"한 시간에 이천 원."

"아, 씨발놈아. 안 가, 미친."

"병신아, 가보면 알아. 존나 재밌다니까."

정동 읍내의 오락실 시대를 종결시킨 피씨방이 드디어 생겨났다.

모뎀이 전부인 이 시대에 별들의 전쟁을 즐기려면, 무조건 피씨방으로 가야 했다. 그 결과, 오락실은 피씨방과의 경쟁에서 패하게 된다.

사장은 이 지역 출신이 아닌 타지에서 온 사람이었다. 돈을 긁어모은 사장은 다른 피씨방이 생겨나자마자 문을 닫았었다.

우린 경쟁에서 밀려 망한 줄 알았지만 다른 지역으로 갔을 것이다.

말도 안 되는 폭리를 취한 JD 피씨방이 망하는 게 오히려 말이 안 되는 일이다.

오히려 경쟁 때문에 그 후에 들어선 피씨방들이 힘들었다는 이야기를 들었으니까.

그렇게 다들 피씨방에 대해 궁금해하며, 기영이 말한 별들의 전쟁에 대해 이야기하고 있을 때, 담임 선생님께서 반을 침울하게 만드는 소식을 들려줬다.

1학기 기말고사가 7월 6일로 결정이 된 것이다.

정동고의 전체 평균이 5점이나 떨어지는 사건도 다시 벌어질까?

이 당시, 피씨방의 위력은 정동고를 들썩이게 만들었었다.

"승민아, 우리도 끝나고 한번 가볼래?"

점심시간. 시열이 녀석이 피씨방에 대한 이야기를 꺼냈다.

"에이, 돈도 없잖아. 이천 원에 1시간이면 안 하고 만다."

"야, 한번 가보자. 뭔지 구경이라도 해봐야지."

현성이 녀석이 끼어들었다. 내심 가보고 싶은 눈치이다.

"흠, 그럼 1시간만 하자."

E—sports의 시초 별들의 전쟁.

기말고사가 걱정되긴 하지만, 추억의 게임을 다시 할 생각에 나도 들뜨기는 마찬가지였다.

에헴, 실력 좀 보여주실까나!

사실 성인이 되어서도 이 게임을 해야 했었다.

대학 친목과 직장 내의 인기로 안 하면, 같이 생활을 할 수 없을 정도였으니까.

아마 20년은 안 했다고 하지만 지금 날 이길 녀석은 없을 것이다. 프로게이머 임묘한 역시.

그리고 반 전체가 기다리던 수업을 마치는 종이 울렸다.

모두 종례가 마치자 미친 듯이 달리기 시작했다.

청소담당인 녀석들 중 일부는 청소를 하지 않고 그대로 피씨방으로 향했다.

다행히 피씨방의 위치를 정확히 모르던 녀석들과 달리, 지리를 알고 있는 내 덕에 우리는 피씨방이 꽉 차기 전에 도착할 수 있었다.

이미 몇 명의 어른이 별들의 전쟁을 하고 있었고, 우린 카드를 들고 붙어 있는 자리로 가 앉았다.

"야, 이거 어떻게 하는 거야?"

"글쎄, 나도 잘 모르겠네."

우리의 이야기를 들었는지 옆에 앉은 아저씨께서 하는 방법을 알려주셨다.

난 아무것도 모르는 척 프로스라는 외계 종족을 골랐고, 같은 것을 하지 말자고 했기에 시열이 녀석이 처그를, 현성이 녀석이 마린을 골랐고 우린 아저씨의 조언대로 컴퓨터와 3:3을 하게 되었다.

그리고 난 정신이 붕괴되는 경험을 할 수 있었다.

"오, 이거 졸라 세 보여. 이걸로 다 죽여야지."

옆을 보니 시열이 녀석이 맵을 덮을 기세로 옵버로드만 생산하고 있었고, 현성이 녀석은 건물을 공중에 띄우며 즐거워하고 있었다. 그리고 첫 전투가 벌어졌다.

"야, 승민아 이거 봐. 내 게 적들한테 돌진해서 다 잡아먹고 있다."

등신아, 그냥 가려진 거야.

나의 질럿 부대를 제외하곤 우리 부대는 전무했다.

남자가 자존심이 있지 쉽게는 안 한다던, 현성의 고집에 정한 하드 수준의 컴퓨터는 우릴 유린하고 있었다.

"어? 적이 내 거 죽이면 다시 뱉어내놔 봐."

뭐? 이 병신아?

적들의 공격에 옵버로드가 처참히 분해되자, 옵버로드에 가려진 적들이 등장하였고, 몸빵을 하던 내 질럿은 비명과 함께 빛이 되어 사라져 갔다.

"야, 최승민 똑바로 좀 해봐. 우리 다 죽잖아!"

양쪽에서 들려오는 바보들의 대화를 경청하는 사이, 게임은 우리의 패배로 끝이 났다.

후… 이 속도로 계속 진다면 여러 판을 할 수 있으니, 이천 원이 아깝지는 않을 것 같다.

"와~! 너무 어려워."

"그러게. 잘하면 재미있을 것 같긴 한데."

패배의 원인인 두 놈이 떠드는 소리에 고수의 실력을 보여주고자 마음먹었다.

"야, 시열이. 넌 조그만 놈이랑 침 뱉는 괴물을 뽑아야지. 컴퓨터는 그것만 뽑던데."

"웃기고 있네. 지도 잘 모르면서 잘난 척하기는"

후… 참자. 참을 인 세 개면 살인도 피할지니.

"그러게. 승민이 니가 뽑은 쌍칼이 약하지만 않았어도 우리가 이긴 거잖아."

뭐? 오늘 이 녀석들에게 하늘을 보여주리라고 마음먹으면서 일대일로 차분히 기분을 풀려는 나에게 조금 떨어진 자리에 앉아 게임을 하던 윤태현이 다가왔다.

"야, 승민아. 우리랑 3:3 할래?"

"뭐?"

"니들도 3명이잖아. 컴터랑 하는데 너무 잘해서 못 해먹겠다. 한판 붙자."

호구가 굴러 들러왔다. 입가에 미소를 지으며 침착하게 녀석에게 말했다.

"그래? 그럼 뭐 걸고 할래?"

"뭘 걸어?"

"아니, 내기라도 하는 게 더 재미있지 않겠어?"

"오~ 자신 있나 본데! 좋아. 음료수 내기 어때?"

"에이~ 게임비로 하자. 어때?"

"흐음……."

"왜? 겁나? 그럼 걍 하자."

"헐, 오케이. 해! 겜비! 지고 울지나 마라?"

난 웃고 있었다.

마흔네 살, 늘어난 것은 사람을 살살 긁는 스킬과 모략뿐인 건가.

"야, 겜비 내기하면 어떡해. 지면 거의 만 원 정도 나가잖아."

시열이 녀석이 다행히 자기 실력은 아는지 걱정스러운 눈빛으로 말을 하자, 현성이 녀석이 자신만만한 표정으로 말을 했다.

"그냥 하는 거지 뭐 어때? 지면 다음에 갚아주면 되지."

"그래도 지면 억울하잖아."

"승민이 저놈이 어떤 놈인데. 분명 꿍꿍이가 있어. 걱정하지 마."

나를 보며 웃는 녀석을 향해 마주 웃어주었다.

띠— 띠— 띠—

게임 대기 화면의 숫자가 줄어갔고 드디어 게임이 시작되었다.

시열이 녀석은 잘난 척하지 말라던 말과는 달리 처글링을 생산하고 있었다.

문제는 트론이 4마리에서 늘지를 않고 있다. 그에 반해 건설로봇을 늘리며 해병 생산에 박차를 가하고 있는 걸 보니 현성은 의외로 게임에 재능이 있는 것 같다.

우리 편의 전력을 확인했으니, 이번엔 적을 살펴볼까나.

시열의 모습과 별반 다르지 않은 태현 패밀리의 진영을 보니,

'바보들의 세상에 떨어진 일반인이 이런 느낌일까?' 하는 생각이 들었다.

그것은 그것이고 승부의 세계는 냉정한 법이다.

적을 아는 것도 실력. 미안하지만 내 하드코어 질럿 러쉬에 자비란 없다.

아무리 초보라도 시간을 두면 병력이 쌓이기 때문에, 난 시작 후 5분에 사활을 걸었다.

내가 별들의 전쟁을 알고 있다고는 하지만, 어린 내 몸은 '별들의 전쟁'을 해본 적이 없어 손가락은 어색하기만 했고, 그로 인해 원하던 컨트롤은 전혀 나오지 않고 있었기 때문에 내린 결정이었다.

그렇게 질럿 3마리가 모였을 때 1시, 3시, 5시에 본진이 있는 태현의 진영 중, 9시의 내 위치와 가까운 1시의 Stzizon이란 녀석을 유린하기 위해 출발했다.

"야, 내가 1시 공격하니까 애들이 방어하러 올 거야. 시열이랑 현성이 넌 5시로 공격 가."

"5시가 어디야?"

아! 내가 시열을 잊고 있었다.

"옆에 조그만 맵 있잖아. 그걸 시계라고 생각하고 내가 있는 위치가 9시야. 니가 11시고 현성이가 7시 정도잖아."

"오, 그렇군."

이 새끼 이해 못 했다.

"현성아, 알았지?"

"어, 어… 근데 너 잘해 보인다?"

"천재잖아?"

"지랄."

우리는 웃으며, 공격에 나섰다. 역시 빌드를 모르는 녀석들은 건물만 주구장창 지어놓고 있었기에, 차려진 밥상을 맛있게 먹기만 하면 됐다.

"와! 프로스 누구야? 졸라 잘해! 나 존나 털리고 있어 도와줘."

나에게 거의 본진이 박살 난 녀석이 태현들에게 도움을 요청하고 있었다.

모든 것은 계획대로.

돈이 굳는다는 생각에 미소를 짓고 있는 나를 현성이 미묘한 표정으로 보고 있었다.

"왜?"

"뭔가 사악해 보여서."

"하! 그럴 리가? 이기고 있어서 즐거워서 그래, 즐거워서."

결국 태현 패밀리는 Stzizon이란 녀석의 위기를 구하기 위해 출발했고, 그사이 빈집인 5시를 향해 출발한 현성과 뭔지 모르고 현성이를 따라 병력을 보낸 시열에 의해 5시까지 파괴당하자, 녀석들은 결국 게임에서 나갔다.

아마 태현이 녀석 친구들에게 욕 좀 먹고 있을 것 같다.

"야, 최승민. 이 양아치야! 이거 사기야!"

"뭔 사기? 게임 전에 다 이야기된 거 아냐?"

"이 날강도를 보소?"

"패자는 말이 없는 법. 어여 계산하시게. 친구."

"두고 봐. 다음번엔 이렇게 안 져."

"예이, 어려하시겠습니까."

"하아, 이 개… 됐다."

우린 그렇게 공짜로 게임을 즐기고 피씨방을 나왔다.

"승민아, 내일 또 가자."

시열이 녀석이 이긴 게 즐겁긴 한 모양이다, 날아갈 듯 좋아하는 것을 보니.

"난 패스."

내 말에 의외라는 듯 현성이 나를 봤다.

"왜 재미없었어? 잘하더만."

"아니, 그 반대. 중독될 것 같아서."

"그래?"

내 말에 현성이 녀석이 곰곰이 생각에 잠겼다.

"그럼 나도 그만할까나."

"야, 현성이 너까지 그만하면 난 누구랑 가?"

"애들 많더만. 같이 즐기면 되는 거지. 나도 공부나 열심히 할란다."

역시 이놈은 생각이 깊다.

친구 녀석들은 현성을 그저 싸움만 잘하는 놈이라 기억하고 있었지만 그게 아니었다.

이 시절 난 시열과 피씨방에 빠져 있었다. 그 탓에 늦게 들어가서, 부모님께 혼나고 성적은 바닥을 기었던 생각이 난다.

현성은 그때 나와 같았을까?

아마 아니었을 것이다.

만약에 했었어도 자신을 망치는 것을 싫어하는 현성이라면 금방 그만두었을 것이다.

미래를 알고 있는 내가, 아직 미래에 무엇을 해야 할지 정하지 못한 이 시점에서 이런 것에 시간을 낭비할 순 없다.

가끔 이 녀석들과 즐기는 정도라면 모를까.

"시열이 너도 기말고사 망쳐서 부모님께 욕먹지 말고 공부나 해, 인마."

"아, 뭐야. 누구랑 가지?"

철없는 시열이 녀석을 보며 조언을 해주고 싶었지만, 과거의 녀석은 후회하고 있지 않았다.

농촌의 평화로운 일상을 사랑하던 녀석을 보고 싶은 내 마음은 이기적인 것일까.

생각해 보니 돈도 나보다 잘 벌었었다.

내가… 이런 놈에게 밀렸다니…….

집으로 돌아와 공부를 하며 오늘 일을 생각해 보았다.

무언가를 남들보다 먼저 알고 있다는 것 하나로, 난 상대보다 압도적인 우위를 점하고 있었다.

대체 어떻게 해서 이곳으로 다시 돌아오게 된 것일까.

그리고 무엇을 해야 할까. 이 소중한 기적을 후회스럽지 않게 하려면…….

됐다. 아직 시간은 많다. 지금은 눈앞에 이 빌어먹을 정석을 공부해야 한다.

*　　　*　　　*

어느새 별들의 전쟁이 나온 지 일주일이 지났다.

태현과의 내기 이후 피씨방에 가지 않았지만 어떻게 소문이 난 건지, 내가 최고라는 소리와 함께 부러워하는 녀석들까지 생겨났다.

이 나이에 별들의 전쟁 고수 소리나 듣고 있다니…….

점심시간이 되자 묘하게도 친구 놈들은 점심을 먹으며, 1반의 방원석과 2반의 나를 두고, 서로가 최고라며 설전을 벌이고 있었다.

방원석.

별들의 전쟁이 알려진 지 얼마 되지 않아서 게임을 파악하고, 하드코어 질럿 러쉬까지 스스로 개발해 사용하던 정동고 별전 1위라고 불렸던 천재였다.

"야, 승민이가 최고라니까. 졸라 잘해."

"아오! 니가 원석이 하는 거 못 봐서 그래. 승민인 한 판밖에 안 했다며."

"그래도 태현이 놈들이 하는 얘기로는 장난 아니래."

"그냥 둘이 붙어 보면 알겠지."

듣고 있기도 부끄러워 죽겠는데. 뭘 하라고?

갑자기 고래 싸움에 낀 새우가 된 기분이 든다. 그냥 원석이가 최고라고 하던가 해야지.

내게 물어 보면 말해주려고 했는데, 녀석들은 내가 보이지 않는지 지들끼리 떠들고만 있었다.

그렇다고 말하기도 민망했다. 한 명은 내 편을 들고 있으니 이거야 원, 뭐 이러다 수그러들 테니 신경 쓰지 않는 게 날 것 같왔다.

나에 대해 떠드는 친구들에게서 신경을 끄고 점심을 먹은 탓에, 나른한 몸을 가누지 못한 채 책상에 엎어져 쉬고 있는데 누군가 나를 불렀다.

"니가 승민이 맞지?"

"어, 맞아. 근데? 왜?"

음, 누구지? 모르는 얼굴인데.

작은 키에 안경을 쓴 모범생 느낌이 나는 녀석을 내가 알았었나.

"흠, 내가 1반의 방원석이야. 애들이 너랑 한판 붙어 보라고 난리여서. 지겨워서 왔다."

녀석의 난처한 표정을 보니 희생자가 나뿐만이 아니었나 보다.

사실 아직은 일어나지 않은 일이지만, 원석의 별전 1:7 승리는 친구들 사이에서 급속도로 소문이 퍼져 나갔고, 그 사건 이후 원석의 아성에 도전한 놈은 없었다.

그 정도로 녀석과 다른 친구들과는 수준 차이가 났었다.

나도 그저 잘한다고 생각하며 부러워한 게 전부였으니까.

"너도 지겨울 거 같아서 그냥 한판 붙고 서로 편하게 지내는 게 어때?"

정말 다시 돌아오고 나니 내게 별일이 다 생기는 것 같다.

설마 방원석이 찾아올 줄이야.

별들의 전쟁엔 별로 관심이 없지만 눈앞에 있는 녀석의 실력은 궁금해진다.

얼마나 잘했던 걸까?

자신감에 차있는 원석을 보니, 그냥 진 걸로 하자고 마음먹었던 것과는 달리, 문득 붙어보고 싶은 생각이 들었다.

"좋아. 오늘 끝나고 한판 하자."

"오케이. 그럼 JD 피씨방에서 만나자."

4장

나비효과

원석과 내가 한판 붙는다는 소문은 급속도로 퍼져 나갔다. 어디서 소문을 듣고 왔는지, 시열이 마음에 안 든다는 표정으로 나를 바라봤다.

"이건 좀 아니잖아."

"뭐가 또 아냐?"

"너 피씨방 안 간다며. 그래서 맨날 나 혼자 갔는데!"

그날 이후, 혼자 피씨방에 갔던 게 내심 불만이었나 보다.

"어쩔 수 없잖냐. 애들이 저리 떠드는데 걍 한판 붙고 말지."

"후… 붙고 나면 안 갈 거지?"

고개를 끄덕이자 시열의 표정은 묘해졌다. 또 뭐가 문제냐.

"오늘 붙는 거 맞아?"

옆에서 시열이의 투덜거림을 보며 웃던 현성이 입을 열었다.

"어, 시간 끌어서 뭐하냐. 대단한 것도 아닌데."

"구경이나 가야겠네."

그리고 방과 후, 난 JD 피씨방으로 향했다.

읍내 버스터미널 근처 건물 지하에 위치한 피씨방엔 중고등학생으로 북적였다.

내가 들어서자 나를 기다리던 원석이 녀석이 다가왔다.

"왔어?"

"어, 근데 사람이 이리 많아서 할 수나 있을지 모르겠네."

"두 자리 맡아놨어."

원석은 웃으며 비어 있는 자리로 나를 이끌고 갔다.

지금도 지나가려면 시장 통을 지나는 것마냥 사람들 사이를 비집고 가야 하는 피씨방에 자리를 맡아놓을 수가 있나?

"애들이 가만있어?"

"우리 둘이 한판 붙는다니까 이해해 주던데."

"그래?"

뭐 빨리할 수 있으면 됐다.

3칸 정도 떨어진 자리에 앉자 어느새 구경꾼들이 우리를 둘러쌌다.

2, 3학년 선배들까지 구경을 하려고 온 것을 보니, 며칠 사이에 원석이 녀석의 실력이 알려진 모양이다.

게임의 시작을 알리는 카운트다운이 시작되며 익숙한 화면이 보였다.

맵은 [잃어버린 신전].

난 처그를 원석이 녀석은 프로스를 선택했다.

시작 위치는 8시, 질럿 러쉬를 할 게 분명한 원석의 공격에 대비하기 위해, 안전하게 성큰을 박을 생각을 하며 난 초글링, 유털의 테크를 선택하기로 했다.

그리고 정찰을 보냈는데 뭔가 이상하다.

2시에 원석이 녀석의 진영을 살피니, 왜 퍼지가 먼저 올라가고 있지? 설마…….

난 급히 막 생산된 초글링으로 주변을 살폈다.

해처리에서 얼마 떨어지지 않은 맵의 사각지대에서 빛을 밝히고 있는 파일룬과 그 옆을 지키고 있는 적 프브.

이건 푸톤러쉬가 분명했다.

이 전략을 알고 있지 못했다면, 비어 있는 녀석의 진영에만 집중하다 본진이 털려 지고 말았을 것이다.

게임일 뿐이지만 방원석은 대체 시대를 얼마나 앞서고 있었던 걸까.

씁쓸해진다. 이 녀석을 이겨도 되는 걸까. 그러나 고민은 금방 끝이 났다.

달라질 내 미래를 위해 난 나보다 뛰어난 녀석들을 넘어서지 않으면 안 된다.

오히려 편히 즐길 수 있는 게임에서 이런 일을 처음 겪게 된 것이 다행이겠지. 결심을 한 난 녀석의 프브를 죽이고, 파일런을 파괴한 후 푸톤러쉬 준비로 본진이 무방비할 녀석에게 병력을 보냈다.

결국 준비한 전략이 막힌 원석은 나의 초글링, 유털 조합에 무너져 내렸다.

경기가 끝나자, 우리의 경기를 숨죽이며 지켜보던 구경꾼들이 떠들기 시작했다.

"오, 최승민 쩌네. 저걸 어떻게 알았데?"

"그러게. 눈치 못 챘으면 원석이가 이긴 건데."

"쟨 또 누구냐? 원석이도 장난 아닌데 이겼어?"

그리고 그들 사이에서 구경하던 시열과 현성이 나를 축하해 줬다.

"오! 승민아 쩔었어!"

시열은 자신이 승리한 양 기쁨을 감추지 못하고 소리를 질렀고, 현성은 웃으며 내 어깨를 쳐 주었다.

"아쉽네. 원석이가 이겨서 니 표정이 구겨지는 걸 보고 싶었는데."

"흠, 질 뻔하긴 했지. 정말 잘하던데."

현성은 미간을 찡그리며 내 머리를 가볍게 쳤다.

"그래 봐야 니 자랑이야 새끼야."

"그런가. 어쨌든 원석이한테 가봐야지."

난 모여 있는 사람들 사이를 지나 앉아 있는 원석에게 다가갔다.

"여, 잘하긴 하더라. 까딱했으면 질 뻔했어."

"하, 내가 할 말이다. 나중에 쓸라고 한 필살기였는데, 그걸 눈치채냐."

원석은 내가 푸톤러쉬를 눈치챈 것을 많이 아쉬워하는 눈치였다.

"운이 좋았어. 내가 프로스를 안 해봤으면 졌을걸."

"뭐 어쨌든 진건 진거니까."

"그래, 오늘 즐거웠다."

"갈라고?"

"어."

"아직 1시간 되려면 많이 남았는데?"

다시 한 번 붙고 싶어 하는 녀석의 눈빛.

하지만 사기를 친 것과 같은 느낌과 학교에서 원석과 나를 두고 떠들던 일을 해결했다는 생각에 애써 그의 눈빛을 외면하며 자리를 떴다.

한판 하고 간다는 시열이 녀석을 놔두고 현성과 피씨방을 나설 때였다.

"최승민."

뒤에서 나를 부르는 소리가 들렸다. 궁금해 돌아보니 방원석이었다.

"음?"

"나도 가려고. 아까 그거 어떻게 하는 거냐고 물어보는 통에 있을 수가 있어야지."

"유명인은 괴로운 건가."

현성이 그답지 않게 농을 건다.

"하하, 유명인은 무슨……."

쑥스러운지 원석은 머리를 긁적이더니 나를 봤다.

무슨 할 말이라도 있는 건가.

"너도 미리 해봤어?"

"뭘?"

"별전."

"그게 무슨 말이야?"

"아니야? 난 또 니가 나처럼 별전을 미리 알고 있었는지 알았는데."

이게 무슨 소리지? 미리 알고 있었다고?

"어떻게 미리 알았어?"

"사실 별전 나온 지 꽤 됐어. 내가 게임을 좋아해서 미리 외국 사이트에서 모뎀으로 다운받았지. 뭐 통신비 때문에 아부지한테 죽을 뻔했지만."

그렇게 된 건가. 어떻게 방원석이 잘할 수 있었을까 하는 내 궁금증이 풀려갔다.

"와, 미리 안 게 아니면 승민이 니가 진짜 대단하다는 말밖에 안 나온다."

"아냐. 나도 서점에서 봤어."

"별전을 서점에서?"

"아~ 우연히 게임 잡지 보는데 별전 이야기가 나오더라고, 어떻게 하는 건지, 요즘 유행은 뭔지."

원석을 실망시키고 싶지 않았다.

어찌 되었든 녀석은 그만한 실력을 가질 자격이 있었으니까.

"그래? 제길! 어쩐지 잘하더라."

"오늘 일은 비밀로 할까?"

원석은 내 말에 의미심장한 미소를 지으며 고개를 끄덕였다.

"지랄들 하네. 사기꾼 새끼들아! 내가 내일 다 말해 버릴 거야. 특히 원석인 몰라도 승민이 넌 용서가 안 돼."

"음, 뭐가?"

"하, 처음 해본다며, 새끼야! 어쩐지 잘하더라니. 친구인 나까지 속여?"

화를 내는 현성을 할매네 떡볶이집에 데려가 달래 보낸 후, 난 원석과 버스를 기다리며 대화를 나눴다.

대화의 주제는 그가 좋아하는 게임에 대한 이야기였다.

"너 프로게이머라고 아냐?"

난 넌지시 원석에게 프로게이머에 대해 말했다.

"그게 뭐야?"

"게임 잡지에서 보니까 게임으로 돈 버는 직업인데, 별들의 전쟁이 주축이더라고."

"그래?"

"어, 뭐 관심 있으면 한번 생각해 봐."

이것도 인연이라면 인연일까.

내가 해줄 것은 여기까지다. 원석은 과거, 뛰어난 실력 탓에 주변 친구들이 그를 게임에 끼워 주지 않자, 흥미를 잃고 게임을 접었었다.

"그래, 승민이 니 말대로 생각해 볼게."

"응. 아마 넌 게임을 좋아하니까, 한번 해보는 것도 나쁘지 않을 것 같아."

내가 해줄 수 있는 배려는 모두 해주었다.

이제 원석이 프로게이머가 되느냐 않느냐는 전적으로 그의 몫이다.

원석과의 대결 이후, 친구들의 나에 대한 관심은 다른 쪽으로 변했다.

"승민아, 나 결심했어."

"뭘?"

"내 사부가 되어줘!"

"뭐!?"

하아… 진심으로 박시열의 머리를 열어 뇌를 보고 싶다.

"미친 거 아냐!"

"왜 니가 정동고 별전 최강이잖아."

"야이 미친놈아. 하오… 장난 그만해라."

떼를 쓰는 시열을 현성이까지 나서서 말리고 나서야 겨우 진정시킬 수 있었다. 그리고 시열이 정도는 아니지만, 알려달라는 녀석들을 별전을 끊었으니, 원석이에게 물어보라는 식으로 떠넘긴 후에야 평화를 찾을 수 있었다.

별들의 전쟁으로 시끄러웠던 6월은 그렇게 끝이 났고, 7월의 시작을 알리는 장맛비가 내리고 있었다.

이른 아침부터 내린 비를 바라보고 있을 때, 문이 열리며 현성이 들어오는 게 보였다.

"야, 시험은 잘 본 것 같냐?"

"만족할 만큼."

"호오? 잘 봤나 보네."

장마의 시작과 함께 기말고사도 시작되었지만, 장마완 달리 시험은 어제 끝이 났다.

가채점을 해본 결과 98점.

중간고사와 합친다면 93점의 점수 아마도 5등 이내의 순위권

일 것이다.

“그러는 넌 내가 알려준 건 효과가 있었냐?”

현성은 우산을 썼다지만, 천장이 뚫린 듯 쏟아지는 비를 뚫고 오는 바람에 젖은 옷을 털며 말했다.

“아, 예상보다 더 효과가 있는 것 같다.”

“그래? 다행이네. 도움이 안 되면 어쩌나 걱정했는데.”

“별걸 다 걱정한다. 안 오르면 내가 노력을 안 한 거겠지.”

“그래도 인마, 알려준 입장에선 신경이 쓰이지 않겠냐.”

“니가 증거인데 무슨. 아, 그것보단 며칠 전에 우리 집에 땅 사러 사람들이 왔었어.”

“땅?”

드디어 온 건가? 토지수용보상을 노리는 자들이.

“어, 서울에서 왔다는데, 우리 집 말고도 니네 동네 근처 땅 가진 집엔 다 들렀더라고.”

“흠, 그래서 어떻게 됐어?”

“뭐, 우리 집은 아버지가 파셨어. 이런 동네 땅 사는 게 흔한 일이 아니시라면서 기회가 있을 때 파신다고.”

후… 아쉽긴 하지만 내가 해줄 수 있는 것이 없다.

땅을 팔기 전이라면 뭔가 이상하다는 말을 해줬겠지만, 이미 판 상황에서 그들이 수용될 땅을 사러왔다고 할 수는 없었다.

부동산에 대해 어린 내가 알고 있다는 게 이상할 테니.

그렇다고 이상하다고 알려줘 봤자, 속았다는 것을 알고 마음만 아플 것이다.

“그래?”

"어, 시세보다 좀 더 쳐준다고 하니, 우리 집 말고도 거의 다 팔았어. 니네 집도 땅 좀 있잖아."

"응. 우리 부모님께선 말씀을 안 하셨는데 알아서 하시겠지."

"하긴 우리가 뭘 알겠냐. 그런가 보다 하는 거지."

바꾸려고 했던 일 중 하나가 일어났다. 부모님께선 예전처럼 내게 말씀해 주실 것이다.

그때를 놓치지 말자.

그 일이 있고 나서 며칠 후 성적이 공개되었다.

난 평균 93점으로 전교 3등을 했고, 내 갑작스러운 성적 향상에 주변 친구들은 많이 놀란 듯했다.

"와, 최승민. 미쳤냐! 진짜?"

"뭐가?"

"3등 씨팔, 와~ 졸라 부럽네 씨."

"지랄, 공부나 하고 부러워해, 인마."

부러워하는 민철을 옆에서 보고 있던, 광호가 한마디 했다.

"안 그래도 할 거야! 최승민, 긴장해라. 형도 공부 시작한다."

"그래."

어차피 모두가 잘해도 90점만 넘으면, 내신은 다 만점을 받는 상황이었다.

부담이 없던 난 과거에 봤던 그들의 모습이 생각나, 다들 잘 되었으면 하는 마음이었다.

"15등, 고맙다."

성적을 확인한 현성이 쑥스러운 듯 짧은 말로 고마움을 표시했다.

“니가 노력한 거지.”

오직 우리들 중 시열이 녀석만 성적표에 좌절한 모습이었다.

“아, 다음 달 용돈 안 줄지도 모르겠어.”

“그러게 공부 좀 하라니까.”

“했어!”

“3일 벼락치기한다고 니 머리에 성적이 오르겠냐. 이 등신아.”

“아, 몰라! 아~ 시험을 왜 보는 거야! 그냥 확 없어져라!”

이 중생을 어이 할꼬.

“어휴, 현성아 저 등신은 내버려 두고 매점이나 가자.”

현성에게 어깨동무를 하고 매점으로 향하자 시열은 자신도 간다며 우리의 뒤를 쫓아왔다.

“같이 가!”

* * *

덥다. 비가 그친 지 몇 시간이 지나지 않았지만, 해가 내리쬐는 하늘은 비가 왔었다는 사실을 지워 버린 것만 같았다.

교실 천장에 달린 선풍기가 돌아가고 있었지만, 여름의 무더운 열기를 식히기엔 역부족이었다.

그렇게 7월의 날씨 덕에 파김치가 된 몸으로 수업을 듣는 사이, 마지막 수업의 종소리가 울려 퍼졌다.

종소리는 어느 때보다 감미롭게 귓가를 맴돌았다.

드르륵.

평소보다 늦어지고 있는 종례를 기다리며 쉬고 있자, 드디어 문이 열리는 소리와 함께 담임 선생님께서 들어오셨다.

하지만 웬일인지 평소 인자하시던 그분의 표정은 굳어 있었다.

교탁에 출석부와 막대기를 세게 내려놓으신 선생님께서 한숨을 '후~' 하고 내쉬곤 교실을 둘러보셨다.

"하아… 니들 이번 시험에서 정동고 전체 평균이 5점이나 떨어진 거 아나? 피씨방인가 뭔가 때문이라 카던데. 그거 때매 지금까지 회의를 했어. 이 썩을 놈들아. 하아, 집에 가야 되는데 이게 뭐꼬."

역시나 피씨방의 여파가 온 건가.

"벌어진 일을 어쩌겠노. 뭐 여튼 그거 때문에 선생님들께서 교대로 순찰을 하신다니까 그리 알아라. 놀고 싶은 맘은 알겠는데, 적당히 해라. 마, 나도 돌아야 돼. 하, 미치겄다."

말을 마친 선생님께선 굳어 있던 표정을 푸시곤 교탁을 가리키며 말씀하셨다.

"성적표 위에 올려놓고 갈 테니까. 알아서 가져가라. 도장 받아 오고 안 가져가면 집에 전화할 끼니까 서로 편하게 살자. 응?"

그 말을 끝으로 종례는 끝이 났다.

오늘 시험 결과로 더 이상, 내게 학교 시험은 이제 걸림돌이 될 수 없었다.

목표였던 김민수와의 차이는 첫 중간고사로 인해 벌어진 점수차가 아니라면, 내가 2점 정도 우위에 있었다.

목표를 이룬 내게 필요한 것은 최악의 수능 중 하나였던 02년도 수능, 그것에 대비하는 것이다.

난 학교를 나와 서점으로 향했다.

"승민아, 서점은 왜?"

선생님들께서 피씨방을 순찰한다는 말에 겁을 먹고, 나를 따라오게 된 시열이 녀석이 궁금한 듯 물었다.

"문제집 좀 살라고."

"문제집? 많잖아, 너"

"과거 수능시험문제 모아놓은 거랑, 서브 교과서로 이용할 수 있는 게 있는지 확인 좀 해보려고."

"하… 넌 고등학교 들어와서 너무 변한 것 같아."

시열이 부러운 얼굴로 나를 보고 있었다.

"그럴지도 모르겠다. 넌 뭔가 되고 싶은 거 없냐?"

"무슨 소리야?"

"꿈같은 거 없냐고."

고민을 하던 녀석은 고개를 저었다.

"음… 잘 모르겠다, 야."

"그래? 그럼 지금이라도 공부를 해."

"웬 뚱딴지같은 소리야."

"뭐가 되고 싶은지 모르겠다며. 지금부터 공부를 해서 준비하면 나중에 니가 되고 싶은 게 생겼을 때, 될 수 있을 가능성이 높잖아. 공부 때문에 나중에 원하는 과에 못 가면 후회할걸."

내 말에 고민하는 시열을 데리고, 용건을 마친 서점을 나왔다. 원했던 서브 교과서는 찾지 못했다.

딸내미들이 보던 책들이 생각나, 정리가 잘되어 있는 책을 찾아보려고 했건만, 그나마 과거 수능기출문제를 모아놓은 문제집을 건진 걸로 만족해야 하나.

버스에 탄 나와 시열은 말이 없었다.

시열이 녀석은 내가 한 말을 곰곰이 생각하고 있는 모습이었고, 그의 생각을 방해하고 싶지 않아 앞으로 해야 할 공부들에 대해 정리를 했다.

생각에 잠겨 있는 사이, 어느새 윤촌리에 도착해 있었다.

"시열아, 내리자."

"어? 어"

시열은 무슨 생각을 했을까? 그것은 녀석만이 알 수 있을 것이다.

복잡한 표정을 하고 있던 시열과 헤어지고, 집에 도착해 반기시는 어머니께 성적표를 보여드리자, 어머니께선 내 성적을 보시곤 무척 기뻐하셨다.

"승민아."

"예, 아버지."

저녁을 먹고 거실에 쉬고 계신 아버지께서 나를 부르셨다.

무슨 할 말이 있으신 건가? 문득 현성이 했던 땅 이야기가 생각났다.

"2학기에 서울로 가라."

"예?"

땅에 대한 말씀을 하실 줄 알았던 아버지께서 하신 말씀은 예상치 못한 일이었다.

"원래 내년에 보내려고 했는데 열심히 하는 걸 보니까 그럴 필요가 없을 거 같아."

"아버지! 전 가고 싶지 않아요."

내 말에 아버지의 표정이 굳어지셨다.

대체 이게 무슨 일인지. 왜 전학 갈 시기가 앞당겨진 것일까.

과거 서울로 전학을 가라고 하실 때, 부모님이 하셨던 말씀은 '니 성적 보니까 여기선 안 될 것 같다'라는 것이었다.

하지만 지금 내가 듣고 있는 말은 전혀 달랐다.

그런가, 내가 변한 만큼 미래가 바뀌고 있는 건가.

"여기서도 잘할 수 있어요."

"여보, 승민이 재가 아직 어려서 뭘 몰라요. 에휴, 여기서 공부해서 될 것 같니!"

옆에서 지켜보시던 어머니께선 내가 못마땅했는지 한마디 하셨다.

"아니, 엄마. 충분해요. 여기서도 명문대 갈 수 있어요."

"웃기는 소리 하지 마. 정동고 나와서 서울로 대학을 간 꼴을 못 봤어요. 여기선! 안 돼!"

민수 녀석이 Y대를 간다고 말해줄 수도 없으니 그저 썩 좋지 않은 정동고의 현실이 난감할 뿐이었다.

"엄마, 저 믿죠."

"그럼 우리 아들을 믿지. 누굴 믿어?"

"그러면 믿어 보세요. 저 여기서도 잘할 수 있어요."

"여기서도 잘하는 우리 아들이 서울 가면 얼마나 큰 인물이 되겠어요. 엄만 아들 믿어. 서울 가서도 잘할 거야."

어머니, 왜 말씀이 그리로…….

"그래, 승민아 부모 말대로 해. 응? 더 넓은 곳을 경험해야 큰 사람이 되는 거야."

아버지의 말씀까지 듣고 나니, 부모님의 뜻을 꺾는 것은 어려워 보였다. 분명 더 설득하려고 하면 언성이 높아질 것이다.

준비도 다 된 상황에서 부모님과의 언성을 높이고 싶지 않았다.

그리고 문득 이런 생각도 들었다.

만약 부모님을 설득해서 이곳에 남아 생활을 할 수 있을지도 모른다.

하지만 내 기억 속에 강민기는 여전히 악몽으로 남아 계속 나를 괴롭히지 않을까.

최승민.

넌 두려움에 피한 자신의 선택에 만족할 수 있을까?

아니, 그럴 수 없을 것이다.

과거의 기억은 사라지지 않는다. 그저 뇌리 깊숙이 가라앉아 있을 뿐…….

언제고 내가 힘들 때 나타나 괴롭히고는 또다시 사라질 것이다.

고개를 들어 부모님을 바라보았다.

"그럴게요. 대신에 1학년은 마치고 갈게요."

"왜에? 빨리 갈수록 좋지."

아직 준비할 부분이 많다. 간다고 결심을 했지만 이대로 갈 순 없었다.

"엄마, 새 학기에 가는 게 나을 것 같아요. 지금 가서 진도가 다르면 성적만 떨어질걸요."

"그래?"

부모님께서는 몇 마디 말씀을 나누시곤 내 뜻에 따라 주셨다.

"그럼 그리 알고 열심히 해."

"네."

서울에 대한 생각이 우리 세대와 다른 탓에, 나를 좋은 곳으로 보내려는 마음에서 말씀하신 그분들을 실망시키지 않은 것은 잘한 일이라고 스스로를 위로했다.

"그래, 잘했어. 그딴 놈이 두려워서 내 주위를 슬프게 할 필요 없어."

방에 걸려 있는 너덜너덜한 천을 바라봤다. 벌써 3번 넘게 바꾼 천은 나에게 자신감을 주고 있었다.

강민기와 전학에 대한 생각을 떨쳐 내며 가방에서 교과서와 문제집을 꺼냈다.

이제 수능을 준비하면서 전학에 대비하면 된다. 난 교과서를 보고 난 후 수능 대비로 산 문제집을 풀었다.

그리고 틀린 문제는 교과서 옆에 페이지를 적었다.

공부를 하면서 느낀 것은 어려운 문제를 맞추는 것보다, 자신이 아는 것을 틀리지 않는 것이 더 중요하다는 것이었다.

어차피 반복의 싸움이라면 실수하지 않는 것이 가장 중요하다.

똑, 똑.

"네, 들어오세요."

문을 열고 들어오시는 어머니의 손엔 접시가 들려 있었다.

"아들, 이거 먹고 해."

"이게 뭐예요?"

"만두 좀 했어."

참 살다 보니 내가 어머니께서 해주신 야식을 먹게 되다니.

학창 시절, 어머니께 고기가 먹고 싶다고 했다가 '고기는 무슨! 니 입에 들어가는 건 밥도 아까워!'라며 소리치시던 어머니의 모습이 생각나 웃음이 나왔다.

"공부는 잘돼가?"

난 만두 접시를 책상으로 옮기며 말을 이었다.

"네."

"그래, 열심히 하고 먹고 싶은 거 있으면 말해. 엄마가 해줄게."

"네, 그럴게요."

내 말에 어머닌 흐뭇한 미소를 지으시며 방을 나가셨다.

"하… 세상 오래 살고 볼 일이야."

젓가락을 들어 만두를 입에 넣자, 입안 가득 퍼지는 육즙이 느껴졌다.

이런 게 행복인걸.

전학 사건이 있은 후 며칠이 지났지만, 부모님께선 내게 땅에 대한 아무런 말씀을 하지 않으셨다.

"뭐지? 안 왔을 리가 없는데……."

난 저녁을 먹으며 부모님께 넌지시 물어보기로 결심했다.

"아버지, 땅 사러 온 사람들 없었어요?"

"네가 그걸 어떻게 알았냐?"

"아, 현성이가 자기 집 땅 사러온 사람들이 있었는데, 우리 동네 쪽이라고 그래서 혹시나 해서요."

"며칠 전에 땅을 사러 외지 사람이 왔었어."

"예? 그… 래서요?"

뭐지? 왜 나한테 아무런 말을 하지 않으신 거지?

"팔았지, 뭐. 좋게 쳐준다는데."

"예!? 왜요! 저한테 한마디 말씀도 하시지 않고요!"

"최승민! 이놈이! 밥상머리에서 큰소리야!"

어머니의 호통에 난 화를 참으며 입을 닫아야 했다.

"왜? 무슨 문제라도 있는 거냐."

아버지께선 내 모습이 이상한지 화를 내려는 것을 멈추고 나를 보고 계셨다.

"그게 갑자기 땅을 사러 온 게 이상해서 말씀드린 거예요. 혹시 잔금까지 다 받으셨어요?"

난 마지막 희망을 담고 아버지께 물어 보았다.

대금을 다 받지 않았다면, 위약금을 물고 계약을 파기할 수 있으니까.

그러나 고개를 끄덕이시는 아버지의 모습에 난 고개를 떨궈야 했다.

"저에게 말씀이라도 해주셨으면!"

화를 내려던 나의 행동은 이어지지 못했다.

"이놈아! 니 전학 보낼 돈은 땅에서 솟아나니! 그래서 아버지께서 네놈 전학 보내려고 파신 거 아냐."

'그래서 제가 가지 않는다고 했잖아요!'라고 어머니께 소리 칠

뻔한 것을 주먹을 움켜쥐며 참아야 했다.

내가 안일해서 벌어진 일을, 아무것도 모르시는 두 분께 이야기해 봤자 소용없다.

아마도 부모님께선 전학 이야기를 꺼내신 그때 파셨던 것 같다.

그렇지 않다면 갑자기 전학 이야기를 꺼내실 이유가 없었을 테니.

어째서였을까. 나의 성적으로 부모님의 생각이 확고해진 것이었을까.

"승민이, 넌 그런 거 신경 쓰지 말고 공부나 하면 돼. 아버진, 만약 그 땅이 더 비싸진다고 해도 후회하지 않아. 자식을 위해 결정한 일을 후회하는 부모는 없어."

"네… 아버지."

아버지의 말씀에 눈시울이 붉어진 난 아무 말도 하지 못한 채, 식사를 마치고 방으로 향해야만 했다.

바보 같은 놈! 모든 것이 내가 알고 있는 대로만 흘러갈 것이라고 생각했던 것에 대한 후회가 들었다.

왜 좀 더 적극적으로 하지 못한 거지.

계획했던 일들이 내 뜻대로 풀려가자 자만했던 걸까.

미래를 알고 있으니 사람들도 내가 기억한 대로만 행동을 할 거라고.

깨달았어야 했다.

나의 작은 변화가 나뿐만 아니라 내 주변에까지 영향을 미치고 있었다는 사실을…….

이 세상은 내 생각이 아닌 살아가는 사람들의 행동으로 달라지고 있다.

빌어먹을. 내가 이루려고 했던 일이 무산되고 나서야 이 간단한 이치를 깨닫고 있었다. 스스로에 대한 분노로 온몸이 떨린다.

"다시는 이렇게 만들지 않을 것이다."

그렇게 나의 안일함으로 나는 큰 것을 잃었다.

다시 돌이킬 수없는 일에 대한 후회가 밀려왔지만, 풍랑에 휩쓸린 듯 살아왔던 그 시절을 답습하고 있다는 생각에서 오는 상실감이 더 컸다.

왜 그렇게 되었을까. 이유는 간단했다. 지금처럼 주도적이지 못했던 내 행동 탓이었겠지.

이렇게 내가 쓰라린 마음을 다스리는 사이에도 시간은 나의 아픔과는 상관없이 흘러만 갔다.

여름방학이 다가오고 있었고 난 곧 이별을 하게 될 친구들과의 추억을 만들기로 했다.

그것은 이젠 무엇이 오기만을 기다리는 것이 아닌, 직접 쟁취할 것이란 마음을 먹은 나에게 주는 마지막 일탈이기도 했다.

그렇게 7월 25일.

정동고의 여름방학이 시작되기 하루 전, 계획을 실행에 옮기기로 했다.

"야, 가자. 내일이 방학인데 뭐라 하겠어?"

"웃기지 마! 방학 끝나고 졸라 맞을걸?"

시열의 표정은 사색이 되어 있었다.

하긴, 이런 적이 없는 우리들에겐 떨리는 일이 아닐 수 없었다.

나 역시 두근거리는 가슴을 진정시키고 있으니까.

“하, 새끼 겁 더럽게 많네. 안 죽어.”

“야, 근데 왜 갑자기 땡땡이냐?”

현성이 의아한 표정으로 나에게 물었다.

“야. 지금이 아니면 언제 해보겠어? 내일이 방학이라 수업도 안 하잖아.”

수업이 거의 끝난 5교시에 벌인 일이었지만, 난 젊음의 치기에 일을 벌일 만큼 어리지 않다.

그렇지만 녀석들과 나중에 술잔을 기울이며 즐길 추억 하나를 만들고 싶었다.

그렇게 우린 2층 복도의 창가에서 실랑이를 벌이고 있었다.

사실 2층이라고는 했지만, 1층보다 조금 높은 높이였다.

“야, 최승민. 넌 공부 좀 하니까 덜 혼나겠지만 난 죽는다니까.”

“아오! 내가 하자고 했다고 한다니까.”

“그래도…….”

난 시열의 말을 듣지 않고 책가방을 복도 창문으로 던졌다.

그리 높지 않은 높이였지만 난간에 매달려 조심스럽게 뛰어내렸다.

내 모습을 바라보던 현성이 고개를 저으며 나와 비슷한 방법으로 뛰었다.

현성의 뛰는 모습을 보니, 땅과 매달린 현성 사이의 높이는 1미터도 안 되어 보였다.

척!

"야, 박시열. 안 뛰면 놓고 간다."

내려선 현성이 시열을 향해 외쳤다.

"야, 놔두고 가자. 쟨 겁쟁이라 못 뛰어."

현성의 말을 받아 치는 내 말투에 열이 받았는지, 시열이 녀석은 가방도 벗지 않은 채 그대로 창문에서 뛰어내리려 했다.

"야, 미친놈아!"

5장

다가오는 전학

우리가 말릴 새도 없이 시열은 그대로 몸을 날렸다.

녀석은 발이 땅에 닿자마자 등에 맨 가방의 무게를 이기지 못하고, 그대로 주저앉아 버리곤 일어나지 못하고 있었다.

"하유, 뭐 하냐."

"아… 말 걸지 마봐. 졸라 아파."

"괜찮아? 일어나 봐."

"아… 오, 나 좀 잡아줘 봐……."

손을 내미는 시열을 잡아 일으켜 세웠다.

다리가 아픈지 절뚝거리면서도 뭘 할 거냐며 묻는 모습이 신기하긴 하다.

"야, 어디 갈 거야!"

"글쎄, 어떻게 할까?"

무책임한 내 말에 현성이 인상을 쓰며 물었다.

"뭐야? 생각도 없이 나온 거야?"

어깨를 들썩이며 별수 있냐는 뉘앙스의 제스처를 보이자, 두 녀석은 고개를 저으며 뭐 이딴 녀석이 다 있냐는 듯한 표정을 짓고 있었다.

"후……."

"후……."

"왜!"

"어휴 됐다. 피씨방이나 갔다가 뭐 할 거 있나 좀 생각해 보자."

호기롭게 나왔지만 막상 갈 곳이 없던 난 현성이의 말대로 피씨방으로 가고 있었다.

도둑질도 해본 놈이 잘한다더니. 내 꼴이 딱 그 짝이다.

"니가 그렇지……."

현성도 아니고 시열이 녀석에게마저 무시를 당하자 한마디 해 주려고 했지만 다리를 절뚝이는 녀석을 보니 미안한 마음에 하려던 말을 삼켰다.

"미안하다, 됐냐?"

"최승민이 당당하게 나설 때부터 이리될 줄 알았어."

현성의 말에 공감한다는 듯이 시열이 고개를 끄덕였다.

"야, 그래도 이게 다 추억이야. 나 아니었으면 언제 니들이 땡땡이를 쳐보겠어?"

"어이구, 그래서 굳이 치고 싶지도 않은 땡땡이를 치려고 내 다리를 이 모양으로 만드셨어?"

그렇게 절친인 둘과 투닥이며 피씨방으로 향하는데 시열이 녀석이 갑자기 멈춰 섰다.

"야, 잠깐만."

"왜? 다리 아퍼?"

혹시 뛰어내릴 때, 다친 게 심각한 것은 아닌지 걱정스러운 마음에 녀석에게 물었다.

"응, 점점 아파지네."

"그럼 병원 가보자."

"아, 됐어 땡땡이 친 거 엄마한테 걸리면 나 죽어."

"그래도 인마."

걱정스러워하는 나와 현성의 말에도 시열은 죽어도 병원은 안 간다는 말을 하며, 피씨방에 가자고 했지만, 아픈 녀석을 이끌고 피씨방에 갈 수 없던 우리는 집으로 가기로 결정을 내렸다.

그렇게 우리의 첫 땡땡이이자, 마지막 땡땡이는 어이없게 막을 내렸다.

헛웃음이 나왔다. 역시 인생은 영화가 아니다.

난 아파하는 시열이를 부축해 버스터미널로 데리고 갔다.

"야, 진짜 괜찮아? 지금이라도 가자니까."

"괜찮아. 갑자기 뛰어내려서 인대가 늘어난 것 같아."

"시열이, 너 고집 피우지 말고 아프면 병원 가라."

현성도 이 상황이 어이가 없었는지 시열을 걱정하는 말과는 달리 입가엔 미소가 맺혀 있었다.

"하, 우리가 그렇지 뭐. 추억은 개뿔. 다들 방학 잘 보내고 개학 때 보자."

현성이 떠나고 버스를 타고 얼마 안 있어서 시열은 이제 괜찮아졌다는 말을 했다.

"그래? 이제 좀 괜찮아?"

"어, 아까보단 덜 아파."

"그래도 참지 말고 아프면 병원 가고. 어휴 그렇게 거기서 다짜고짜 뛰면 어떡해."

안쓰러운 마음과 괜히 뛰자고 했나 하는 마음에 녀석을 보자, 녀석은 잘 뛰지 못한 게 못내 아쉬운 모습이었다.

"안 높아 보였는데……."

"됐다, 됐어. 집에 가서 쉬어."

"응."

멀어져 가는 시열을 보다, 괜찮아 보이는 모습에 안심을 하며 집으로 향했다.

"엥, 왜 이리 일찍 왔어?"

평소보다 일찍 하교한 날 어머니께선 의아한 눈으로 바라보고 계셨다.

"아, 방학이라고 일찍 끝내 주셨어요."

"그래?"

어머니께 거짓말을 한 것이 걸렸지만, 이번이 마지막일 것이기에 마음속으로 용서를 빌었다.

방으로 들어와 오늘 일을 생각하자 어이없이 끝이 난 것에 웃음이 나왔다.

"잘 들어갔겠지."

아파하던 시열이 녀석. 아마도 우리가 낮은 곳에서 조심스레 뛰던 모습이 우스웠던 녀석은 멋진 모습을 보여주기 위해 그런 행동을 했을 것이다.

아무튼 나의 고1 여름방학은 허무한 땡땡이로 시작되었다.

*　　　*　　　*

팡! 팡! 퍽!

내 주먹에 샌드백이 출렁거렸다.

공부를 하다 보니, 체력이 딸려서 힘들다는 핑계로 부모님을 설득한 난 정동 읍내의 대영 복싱장에 등록을 했다.

머릿속에서 대충이란 말과 적당히란 단어를 지우기 위해, 지금까지 계획 없이 이렇게 하면 될 것이라며 넘긴 일들을 좀 더 세분화시킬 계획을 잡아 나갔다

그중 정해진 것은 전학, 그리고 수능.

이젠 내가 목표로 정해놓은 것을 놓치지 않을 것이다.

그런 마음으로 대영 복싱장에 등록을 한 첫날 관장님께 내 사정에 대한 말씀을 드렸다.

"여름방학 동안만 다닐 수 있을 것 같아요."

내년에 전학을 가게 되었는데 두려운 마음에 오게 되었다는 말도 덧붙였다.

"음? 그래?"

그런 나를 보시던 관장님은 웃으시며 말씀하셨다.

"그래, 낯선 환경으로 가게 된다고 생각하면 두렵겠지. 잘 왔어. 내가 열심히 알려줄 테니 겁먹지 말고."

용기를 내서 찾아온 아들뻘의 학생이 기특했는지 관장님은 내 어깨를 두드리며 맞춤 수업을 해주신다고 하셨다.

열흘도 채 되지 않은 내가 샌드백을 칠 수 있는 것도 모두 관장님의 배려 덕분이었다.

초심자인 내게 짧은 시간에 더 배운다는 것은 오히려 독이라며 알려주신 것은 기초 체력을 만드는 것과 원투펀치 이후의 오른쪽 스트레이트를 날리는 간결한 동작 정도였다.

하지만 혼자 새벽의 거리를 달리는 것과는 달리, 체계적인 운동을 하니 몸은 고되고 힘이 들었지만 혼자서 할 때와의 확연한 차이를 체감할 수 있었다.

무엇을 하더라도 철저하게.

그 느낌을 잊지 않으려고 난 더욱 열심히 샌드백을 두드렸다.

뒤에서 지켜보시던 관장님의 목소리가 들렸다.

“오, 좋아! 승민이, 이제 좀 자세가 나오네.”

“감사합니다.”

“그래, 열심히 해서 그런지 실력이 빨리 느네.”

“그런가요?”

“그래. 그렇게만 하면 돼. 원래 권투를 하면 자신감도 생기니까, 니가 두려워하는 마음만 가지지 않으면 다 잘될 거야.”

“네.”

관장님의 칭찬이 담긴 말씀을 들으며 오늘 할당된 양의 운동을 끝마친 난 샤워를 하곤 복싱장을 나섰다.

“승민이 왔니?”

“네.”

개운하게 운동을 마치고 집에 도착하자 어머니의 모습이 이상했다.

마흔 살이 넘게 어머니를 지켜본 바에 의하면 입술을 삐죽거리는 저 모습은 분명 무언가 말하고 싶어 입이 간질거릴 때 나오는 어머니의 버릇이셨다.

"엄마, 무슨 일 있으셨어요?"

"음… 아니, 그게, 하……."

머뭇거리시던 어머니는 참지 못하고 입을 여셨다.

"이거 시열이 엄마가 말하지 말랬는데……."

시열이?

"제가 어디 말하고 다니고 그러겠어요."

며칠 전 걱정이 되어서 전화했을 땐, 괜찮다고 했던 녀석에게 무슨 일이 있는 것인지 궁금했던 난 말을 하고 싶어 입이 간질거리실 어머니를 살살 유혹했다.

"그렇지? 이리로 와서 앉아봐."

"네."

어쩔 수 없다는 듯 나를 부르시는 어머니의 모습이 문득 귀여우시다는 생각이 들어, 웃음이 나오려는 것을 참고 얌전히 어머니 앞에 앉았다.

"시열이 알지?"

"네."

"고놈이 어디서 뛰어내리고는 자빠져서 다쳤다고 시열이 엄마한테 말한 거 있지."

"예? 시열이가요? 그래서요?"

"뭘 그래서야. 아프다고 징징대길래 병원에 갔더니, 의사가 그러더래. '학생, 아무리 젊은 혈기를 주체하지 못해도 그렇지 높은 데서 막 뛰고 그러면 안 돼요.'"

"많이 다쳤데요?"

"다리가 똑 부러졌다지 뭐니, 그래도 시열이 엄만 차라리 잘됐다고 하더라."

"뭐가요?"

"어차피 방학이라고 싸돌아다닐 게 뻔한데 방학 동안 깁스를 해야 되니, 어디 나댕기지는 못할 거 아니냐고. 이놈의 자식은 고생 좀 해봐야 된다고 단단히 벼르고 있더라구."

"하하하……."

그렇게 뛰어서 다리가 부러진 게 민망했던 이 녀석이 나에게 거짓말을 한 건가.

뭐 어찌 됐든 미안한 건 미안한 것이니 연락을 해야겠지.

아마 시열이 녀석 모르긴 몰라도 뾰로통한 표정으로 깁스를 하며 날 원망했을 모습이 눈에 선하다.

"넌 혹시라도 그런 짓 하지 마."

"그럼요. 제가 설마 그러려구요."

어머닌 그 말씀을 끝으로 만족스러운 얼굴로 안방으로 들어가셨다. 난 그 모습에 웃으며 고개를 저을 뿐이었다.

뭐, 시열의 부상은 내 잘못이 크지만, 왠지 녀석답다는 생각이 들었다.

하여튼 미워할 수 없는 녀석이다.

분명 개학 후엔 골이 잔뜩 난 시열의 투정을 들어줘야 하겠지만.

*　　　*　　　*

"헉… 헉……."

입안 가득 단내가 났고, 몸은 점점 움직이기 힘들어진다.

몇 분이나 지난 걸까?

퍽! 퍽!

온 힘을 다해 내지른 주먹을 상대는 여유롭게 쳐냈다. 그러나 억울하진 않다. 그 정도로 내 주먹은 나에게도 느리게 보였으니까.

"그만. 여기까지."

후… 안도감이 밀려왔다. 시계를 보니 고작 5분 정도를 움직였을 뿐인데, 몸 안의 모든 에너지를 쓴 것 같다.

"많이 늘었네. 어디 가서 맞고 다니지 않겠어."

"감사합니다."

연습 상대가 되어주던 관장님이 알려준 스텝을 밟으며 수많은 주먹을 날렸지만, 관장님의 몸을 건든 것은 오늘이 처음이었다.

"그래, 오늘까지만 다닌다고?"

"예."

"아쉽네… 뭐. 그만둬도 전학 가기 전까진 시간 날 때 나와서 운동하고 가. 내가 애들한텐 말해둘 테니까."

"아니에요. 이렇게 신세 진 것만으로도 죄송한데요……."

"허어! 사내놈이 그러라고 하면 얼씨구나 하고 그냥 '예' 하고 나오면 되지. 뭔 말이 그리 많아. 부담 가질 필요 없어. 알았어?"

"예."

복싱장을 다닌 지 3주가 지났을 때, 관장님께선 링에서 자세를 봐주시며 주먹을 날려보라셨다.

그러나 난 도저히 관장님을 맞출 수 없었다. 그런 분을 내가 오늘 맞춘 것은 우연이 아닐 것이다.

아마도 자신감을 북돋아 주시려는 관장님의 배려였겠지.

운동이 끝나고 여름의 날씨 탓에 더욱 끈적거리는 몸을 씻고 나와 아버지같이 나를 챙겨주신 관장님께 인사를 드렸다.

왜 방학은 나이를 먹은 지금도 짧게만 느껴지는지……. 더 이상 복싱장에 나가지 않을 생각을 하니 뭔가 시원섭섭한 느낌이다.

문득 관장님께서 해주신 말이 떠올랐다.

전학 갈 생각에 겁을 잔뜩 먹은 아이가 등록을 하려고 용기를 낸 것이라고 생각을 하셨는지, 각진 턱에 우람한 분이 걸걸한 목소리완 어울리지 않게 부드러운 말투로 말씀하셨었다.

"승민이라고? 겁먹을 필요 없어."

"예."

"사실 두려움이란 건 없단다."

"예?"

"뭐, 내 말이 이해가 되지 않을지도 모르지만 눈을 한번 감아봐."

난 관장님의 말씀에 무슨 소리를 하려고 이러는지 의문을 품었지만 말에 따라 눈을 감았다.

"니가 두려워하고 싫어하는 것들을 떠올려 봐. 떠올렸니?"
"네."
난 달라지지 않은 미래에 대한 생각을 했다.
무기력한 나.
"눈을 떠보렴."
그의 말에 난 눈을 떴다.
내 마음엔 스스로 생각했던 방금 전의 상상으로 인한 불쾌감이 감돌았다.
관장님은 무슨 말씀을 하시고 싶은 걸까.
"그래, 니가 상상한 것들이 지금 네 앞에 있니?"
고개를 저었다. 그리고 그가 하려는 말을 이해할 수 있었다.
"그런 거야. 결국 두려움이란 놈은 환상일 뿐이야. 아직 일어나지 않은 일로 겁먹을 필요 없어. 그저 너의 마음이 만든 것이니까."
아니, 어떻게 저 우람한 몸의 사내에게서 이런 철학적인 말이 나올까.
놀란 내 모습에 관장님은 쑥스러우신지 머리를 긁적이시다 말을 이으셨다.
"지금처럼 용기를 갖고 해결책을 찾는 게 훨씬 도움이 된단다."
이런 말씀을 하신 게 민망하셨는지 얼굴이 벌게진 관장님은 헛기침을 하시곤 운동을 하라며 자리를 벗어나셨다.
그런 관장님의 뒷모습을 보는 내겐 아까의 불쾌감은 없었다.
그저 몸을 단련하려고 갔던 복싱장에서 난 생각보다 더 많은 것을 얻었다.

그래, 두려워할 필요 없다.

두려움은 환상이니까.

*　　　　*　　　　*

8월 25일.

7월 말에 시작한 방학의 끝을 알리는 날이었다.

등교를 한 내게 들려온 것은 반 친구들의 불평 섞인 푸념이었다.

"와, 무슨 방학이 한 달이 안 돼."

나도 저 말엔 공감이다.

중학교 때부터 주변 학교에 비해 짧은 방학은 정동중·고등학생들의 불만을 샀었고 나 역시 예외는 아니었다. 돌아온 지금도!

세상이 떠나갈 듯 불만 어린 표정을 짓고 있는 녀석들 중 시열의 표정은 단연 압권이었다.

이틀 전, 깁스를 풀었다는 녀석은 버스를 타고 오는 내내 내게 당부했었다.

"말하지 마! 말하면 진짜! 진짜! 알아서 해!"

거의 울 것같이 애원하는 녀석을 보며 난 고개를 끄덕였지만 시열은 대답을 하라며 징징댔고 알았다는 내 확답을 듣고서야 표정이 풀렸다.

깁스 탓에 놀지도 못하고, 씻지도 못해 가려운 발 때문에 고생만 했는데, 방학이 끝났으니 저런 똥 씹은 표정이 나오겠지.

녀석을 보며 웃고 있는 나를 누군가 건드렸다.

"뭐 하냐? 뭘 보고 웃으면 옆에서 말을 걸어도 몰라."

옆을 보니 방학에 산삼이라도 먹었는지 키가 한 뼘은 자란 현성이 서 있었다.

"왔냐? 나야 시열이 보고 있었지. 그건 그렇고 뭘 먹었기에 이리 컸냐? 한 달 만에."

"몰라. 온몸이 쑤시더니 옷이 안 맞더라."

키가 자란 것이 나쁘진 않은지 말하는 내내 현성의 입가는 실룩거리고 있었다.

"난 언제 클라나."

"뭐 그래 봐야 너보다 작을 걸. 재보니까 168이던데 너 172는 되지 않냐?"

"음~ 아마도 170 정도 될 거야."

내가 비웃음을 담은 말투로 답을 하자, 인상을 살짝 쓴 녀석은 말을 돌렸다.

"그건 그렇고 왜 웃었었어."

"아, 그거. 시열이 때문에."

"음?"

내 말에 시열을 본 현성은 시열의 표정을 봤는지, 의아한 얼굴로 나를 봤다.

"재 왜 저래? 평소엔 멍해 있는 놈이 뭐 저리 인상을 쓰고 있어."

"그게."

난 일어나 현성에게 어깨동무를 하며 시열에게 다가갔다.

"그때 땡땡이 친 날~ 있잖아~"

일부러 시열이 녀석에게 들리게 가까이 다가가며 말을 했고, 그로인해 내 말을 들은 시열이 괴성을 지르며 달려왔다.

"최~~ 승민!!! 이 개!!!!!"

오늘 하루도 이렇게 즐겁게 시작할 수 있는 것도 다 이 두 녀석들 덕분일 것이다.

결국 삐진 시열을 달래기 위해 매점에서 거금을 써야 했지만.

그렇게 현성이까지 시열의 암울했던 방학에 대해 알게 되었지만, 입이 무거운 녀석이 누군가에 말할 일은 없을 테니, 멍청하게 시열이 녀석이 자기 무덤을 파지만 않는다면 이 비밀은 지켜지겠지.

그리고 방학 전, 땡땡이로 혼이 날 줄 알았던 우리의 예상과는 달리, 담임 선생님께선 그저 방학이 끝난 것에 대해 우리보다 더 한 아쉬움을 토로하실 뿐이셨고, 땡땡이에 대해선 아무런 말씀이 없으셨다.

개학식을 무사히 마치고 집에 도착했지만, 언제나 하교를 한 나를 반겨주시던 어머니께서 웬일이신지 보이지 않으셨다.

문을 열고 들어가니 어머니께선 누군가와 통화를 하고 계셨다.

"응. 그래, 잘 부탁해."

누굴까? 부탁을 한다니.

"어머! 아들 언제 왔어?"

통화를 막 끝내신 어머닌 내가 온 것을 이제야 알아차리시곤 놀란 얼굴로 나를 보고 계셨다.

"네, 방금요."

"그래… 배고프지?"

나를 보는 어머닌 평소와 달리, 걱정이 담긴 불안한 얼굴이셨다.

누구의 전화였기에 저리 불안해하실까?

"예, 근데 누구랑 통화하신 거예요?"

"응. 니 작은엄마."

"작은엄마요?"

어머니께서 작은어머니와의 통화 후 표정이 안 좋으신 것을 보니, 전학에 관한 이야기가 오간 것 같다.

"응. 너 서울로 전학 가는데 좀 알아봐 달라고 했어."

서울에 계신 작은어머니.

인자하셨던 그분은 신명고로 전학을 간 이후 많은 도움을 주신 분이시다.

신명고로 가게 된 이유 중 하나도 작은어머니께서 추천을 해 주셨기 때문이니까.

아마도 그분이 아니었다면, 난 지옥 같은 고교생활을 버티지 못했을지도 모른다.

뭐 직접적인 이유는 신명고가 작은아버지께서 살고 계신 강서구 근처에 위치해 있는 지리 조건이 가장 큰 이유였지만.

"그래서요? 잘됐어요?"

"응. 신명고인가? 거기가 괜찮을 것 같대. 엄마, 아빤 못 가니까. 작은아버지께서 많이 신경 써주실 거야."

전학을 가게 될 날 걱정하시는 어머니의 모습에 난 밝게 말을 이었다.

"네, 걱정하지 마세요. 가서도 잘할게요."

아마 이번에도 작은아버지 집 근처에서 하숙을 하게 될 것이다.

형편이 좋지 않으신 작은아버지의 사정상 내가 사용할 방은 없었으니까.

한 살 어린 사촌이 남자였다면 달라졌겠지만 여자아이였기에, 난 하숙을 할 수밖에 없었다.

전학 갈 시간은 천천히 다가오고 있었다.

* * *

10월, 지구가 탈바꿈을 준비하는 시기인 가을이 도래했다.

가을이 평화로운 이유는 차가운 겨울에 대비하기 위해서가 아닐까.

나 역시도 변화할 생활에 대한 준비를 해야 한다.

정동고의 교복도 하복에서 춘추복으로 바뀌었다. 마이 대신 조끼 하나만을 와이셔츠에 걸친 모습의 친구 녀석들이 분주히 무언가를 풀어나갔다.

그런 그들 사이에서 난 물들어가는 나뭇잎을 하염없이 바라보고 있었다.

"인마, 뭐 해?"

맨 뒷자리의 승훈이 녀석이 나를 쳤다.

"아, 미안."

난 시험지 위해 놓인 OMR카드를 집어 승훈에게 건넸다.

"시험 망쳤냐?"

멍하니 창밖만 바라보는 내 모습이 그에게는 시험을 망쳐 걱정을 하는 모습으로 보였나 보다.

"아니, 잠깐 다른 생각했어."

"역시 전교 3등. 여유 만만이시구만."

OMR카드를 걷으며 앞줄로 이동하는 승훈의 등을 보며 한마디 했다.

"헛소리한다."

시험 담당 선생님께서 OMR카드를 챙겼고, 드디어 2학기 중간고사가 끝이 났다.

그리고 잠시 후, 짧은 종례로 유명해지신 담임 선생님께서 문을 열고 들어 오셨다.

"마, 시험 끝나니 시원섭섭하지?"

"예~"

"웃기고 있네. 니들이 뭐 한 게 있다고 시원 섭섭이야. 방학은 또 언제 오나 빌고 있을 놈들이."

언제나 시험이 끝난 날은 들뜬 마음보단 뭔가 우울한 기분이 강하다.

선생님은 그런 아이들의 기분을 잘 알고 계신 듯했다.

"맨날 하는 말이지만 공부 못해도 먹고산다. 시험 보느라 고생했고 오늘 하루는 푹 쉬어라. 반장."

반장의 구령에 맞춰 인사를 하는 것으로 종례는 끝이 났다.

난 서둘러 담임 선생님께 다가갔다.

"저 선생님."

"음? 왜 뭐 하고 싶은 말이라도 있나?"

"예."

"오래 걸리나?"

"아니요. 그게… 제가 내년에 전학을 가게 돼서요."

"그래?"

김주현 선생님의 이마에 주름이 잡혔다.

"여기서 이러지 말고 따라온나."

선생님은 나를 데리고 교무실로 향했다.

"그래, 내년에 간다고?"

"예."

"어디로?"

"서울에 신명고등학교로 갈 것 같아요."

"그래… 후……. 아쉽게 됐구만. 니 정도 실력이면 여기서도 충분히 좋은 대학 갈 낀데."

아쉬움 가득한 얼굴로 바라보던 선생님께선 웃으시며 어깨를 토닥여 주셨다.

"마, 그래 간다니 아쉽지만 어쩌겠노. 서울에서도 열심히 해 봐."

이제 나머지 일들은 부모님께서 해주실 것이다. 두 달 정도 남은 건가…….

교실로 돌아오자 시열이 녀석과 현성이 나를 기다리고 있었다.

"뭔 일이야?"

현성이 녀석이 궁금한 듯 내게 물었다.

"뭔 일은… 무슨 니들은 안 가고 여기서 뭐하냐?"

내 말에 현성은 턱으로 시열을 가리켰다.

"시열이가 너 요새 이상한데 선생님까지 만나러 가니까 걱정된다고 기다리자고 하더라. 말 돌리지 말고 뭔 일이야."

맹한 줄만 알았던 시열이 녀석이 날 걱정하고 있을 줄이야.

나를 보는 두 녀석의 표정은 진지했다.

숨길 일은 아니지만, 왠지 녀석들이 이 일로 신경을 쓰진 않을까 해서, 가기 전까진 평소처럼 지내려고 말하지 않은 내가 이기적인 것일까.

"내년에 전학 간다."

"장난하지 말고."

뭐라 말하려던 현성이 내 진진한 표정을 보았는지 말을 맺지 못하다 입을 열었다.

"진짜?"

천천히 고개를 끄덕였다.

"무슨 전학! 가지 마!"

시열이 녀석은 울 것 같은 얼굴로 나를 보고 있었다.

이 순진하고 착하기만 한 녀석이 울까 염려돼 갈 때쯤에 말하려 했건만.

"뭘 가지 마, 인마."

"어디로 가는데?"

무거워진 현성의 말투에서 녀석도 심각하게 상황을 받아들이는 것을 알 수 있었다.

"서울."

"왜 가는데."

"나 있으면 너 1등이나 한번 할 수 있겠어? 공부 잘하는 내가 큰물로 가줘야지."

"장난치지 말고"

"웃기고 있네! 너도 전교 1등 못 해봤잖아! 하고 가!"

내 말에 시열이 발끈하며 소리쳤다.

"왜 이리 진지해. 내년에 간다고 아직 멀었어. 자식들아."

"그러니까 너도 개소리 말고 제대로 말을 해."

"후… 부모님께서 원하셨어."

"싫다고 하면 되잖아."

"조금 확고하시더라. 그리고 서울 놈들이 얼마나 잘하나 보고 싶기도 하고."

현성과 시열을 보며 미소를 짓자 녀석들도 내 모습에 마주 웃어주었다.

친구 녀석들 앞이어서였을까? 아님 평소 현성의 당당한 모습에 나도 물든 것이었을까.

평소에 말투가 아닌, 자신감 넘치는 말들로 친구 녀석들을 위로하고 있었다.

"뭐 그래서 가게 됐어. 시열이 너도 질질 짜지만 말고 가는 형님 응원이나 해라."

그렇게 난 친구들과의 이별을 준비했고 또다시, 1999년의 막을 내릴 시간이 다가오고 있었다.

21세기가 시작되려고 함과 동시에 세기말이라는 말들과 멸망을 한다느니, 밀레니엄 버그로 전 세계의 컴퓨터가 마비가 된다느니 하는 말들이 주변에 퍼져 나갔고, 뉴스나 다큐에서도 노스트라다무스라는 예언가의 말을 이용해 사람들의 심리를 자극하고 있었다.

"야, 승민아. 그 말 들었어?"

"뭐?"

"노스트라 예언에 의하면 세 개의 별이 일직선이 되면 지구가 멸망한데……."

"개똥 같은 소리하지 말고 책이나 봐."

시열은 냉담한 내 반응에 입을 삐죽이며 현성이에게 달려갔다.

하, 저놈을 보면 걱정이 돼 전학을 가지 말까 하는 생각도 하게 되지만, 뭐, 알아서 잘해낼 것이다.

이번엔 과거와 달리 현성이 녀석이 옆에 있으니 뭐 내 걱정이나 하면 되는 건가.

12월, 추운 겨울의 일요일. 언제나처럼 단잠이라는 선물을 만끽하고 있었다.

"어머, 호호호. 그런가? 우리 승민이가 조금 머리가 좋긴 해."

거실에서 통화를 하는 어머니의 들뜬 목소리가 내 귀를 자극했다.

"아이~ 아니야. 전교 1등한 게 뭐 자랑인가? 그냥 운이 좋았던 거지~"

그 이야기를 들으며 힘겹게 눈꺼풀을 올려 시계를 확인했다.

9시 40분.

어머니… 별거 아닌 이야기로 벌써 30분째입니다…….

2학기 기말고사 성적까지 합친 결과, 난 마흔 평생 한 번도 해보지 못한 1등이라는 노력의 결실을 얻을 수 있었다.

그리고 그 여파는 대단했다.

그 과묵하시던 아버지께서 옆집 이 씨 아저씨가 막걸리를 가지고 오셨을 때, 넌지시 그 이야기를 꺼내시며 자랑을 하실 정도였으니까.

“승민이가 이번에 1등을 했어.”

“에~ 엥? 승민이가? 어이구 고놈 공부 좀 하나 보네.”

“별거 아닌 건데. 뭐 대수라고 그려.”

말씀을 하시던 아버지의 입가에 핀 미소가 아직도 생생하기만 하다.

하지만 더 생생하게 들려오는 어머니의 통화 소리에 졸린 몸을 일으켜 방을 나서야 했다.

거실로 나오자, 유리로 된 거실 문에 하얀 서리가 햇빛에 녹아 방울져 흘러내리는 모습이 보였다.

“하~ 암.”

기지개를 펴곤 아침의 공기를 느끼기 위해 문을 열었다가, 온몸에 느껴지는 찬 기운에 문을 닫았다.

방 안으로 들어온 찬 공기를 느끼신 걸까. 통화를 하시던 어머니께서 통화를 멈추고 나를 바라보고 계셨다.

“에끼, 이놈아. 춥지? 그러게 옷도 안 입고 문을 왜 열어.”

"그러게요. 아우 춥네요."

"응, 선미 엄마. 승민이 일어났네. 그래요. 다음에 또 통화해."

"왜요? 통화하셔도 되는데."

말과 달리 속마음은 어머니께서 얼른 통화를 끊길 기다리고 있었다.

솔직히 이 나이 먹고 성적 자랑을 듣는 것은 민망한 일이니까.

마흔의 나이. 원래대로라면 아이 성적을 자랑해야 할 나이가 아닌가…….

뭐, 그렇다고 싫은 건 아니지만 얼굴이 붉어지는 것은 어쩔 수 없었다.

어느새 내게 다가오신 어머닌 기특하단 눈빛으로 엉덩이를 두드려 주시곤 주방으로 향하셨다.

아침을 차리시는 어머니를 도와 냉장고에서 밑반찬을 꺼내는데, 국을 데우시던 어머니께서 나를 돌아보시며 말씀하셨다.

"승민이 너 내일은 서울 가야 돼."

"서울은 왜요?"

"이제 방학도 했으니까 슬슬 전학 준비해야지. 서울 가서 하숙집 알아볼 거야."

"네."

다음 날, 난 복잡한 기분을 안고 부모님과 서울로 가기 위해 분주히 움직이고 있었다.

정동읍에서 서울까지의 거리가 꽤 되는 탓에 우린 아침 일찍 준비를 할 수밖에 없었다.

몸만 가면 되는 일이었지만, 1999년도의 서울을 볼 수 있다는 것에 대한 설렘 반 전학을 가게 된다는 것에 대한 짜증 반으로 지금 내 표정은 오묘하지 않을까.

"승민아, 준비 다 됐니?"

"네, 엄마."

사실 어머니께서 준비를 마치실 때가 우리 가족의 준비가 끝나는 시점이었다.

"그럼 얼른 가자. 아버지 기다리시겠다."

준비를 끝낸 어머니께서 거실에서 기다리던 나를 재촉했다.

"네."

서울로 가는 길은 버스를 타고 가게 되었다.

아버지께서 네비를 사셨다면, 뭐, 차를 타고 갈 수도 있었겠지만, 그런 행운이 내게 있을 리가…….

결국 추운 겨울 날씨에 얼굴이 벌게진 채, 시외버스터미널에서 서울로 가는 버스를 기다려야 했다.

"이거 먹어봐."

"배불러요."

"좀 더 먹어봐."

서울로 가는 길에 먹을 김밥을 싸신 어머니께서 내게 김밥을 건네셨다.

배가 미어터질 만큼 먹었건만, 저 김밥의 양은 줄지 않고 있었다.

"그만 좀 맥여. 애 배탈 나겠어."

옆에서 지켜보시던 아버지의 중재에 어머닌 입술을 삐죽이시며, 나에게 주려던 김밥을 입으로 가져가셨다.

그것을 보던 나와 아버지의 눈이 마주쳤고, 우린 어머니 몰래 미소를 지었다.

그리고 우린 도착한 버스를 타고 서울로 향했다.

바뀌어 가는 풍경을 보며, 부모님과 전학 후의 일들에 대한 이야기를 나누고 있는 사이, 어느새 서울에 도착했다는 버스 기사의 목소리가 들려왔다.

"승민아, 어여 내리자."

아버지의 말씀에 난 서둘러 어머니의 짐을 들고 버스에서 내렸다.

아버지께선 누군가와 반갑게 인사를 나누고 계셨고, 어머니께서도 아버지가 계신 곳으로 향하며 내게 외치셨다.

"승민아! 어서 와. 작은아버지께 인사드려야지."

"네!"

어머니의 말씀에 서둘러 부모님이 계신 곳으로 향했다.

아버지와 닮으신 작은아버지께서 나를 보며 웃어주셨고, 옆에서 계시던 작은어머니께선 내게 다가와 어깨를 토닥여 주셨다.

"하하하! 우리 승민이 왔어. 추석에 봤던 것보다 더 컸네."

"안녕하세요. 작은아빠. 작은엄마."

"그래, 승민이도 잘 지냈지?"

"예, 작은엄마."

우리 가족을 반겨주시는 작은아버지 내외께서 우릴 차로 안내했다.

"어휴, 형님. 여기까지 오시느라 고생 많으셨어요."

"고생은 뭘. 버스 타고 오니까 금방이더만."

"하하하. 그런가요? 승민인 이번에 전교 1등 했다며?"

무뚝뚝하신 아버지의 말씀에 대화의 물꼬를 트기 위해, 작은아버지께선 나를 타깃으로 정하신 모양이시다.

"아, 예… 어쩌다 보니 그렇게 됐어요."

"뭘 어쩌다 보니야. 응? 열심히 한 거지. 서울에서도 그렇게만 해. 형님이 평생 안 하실 것 같던 자랑을 하시는데 내가 다 기분이 좋더라."

"예, 노력할게요."

"으흠… 진현이 이놈이 누가 자랑을 했다고."

무안하신지 아버지께선 헛기침을 하며 운전하시는 작은아버지를 한 번 노려보시고 창밖으로 시선을 돌리셨다.

"당신은 승민이 부담되게 뭘 그런 이야기를 해요. 승민아 걱정하지 말고 그냥 편히 다녀."

나를 걱정하시는 작은어머니의 말씀에 과거 학교생활의 고통을 작은아버지 내외분께 분풀이하듯 내뱉으며, 걱정을 끼쳐드렸던 것이 생각나 씁쓸한 마음을 애써 감춰야 했다.

"예."

오랜만에 만난 작은아버지와 대화를 하는 사이 우린 강서구 화곡동에 도착했다.

"형님, 죄송해요. 저희가 형편이 조금만 좋았어도 승민이 이놈 저희 집에서 지내게 하는 건데."

"니가 뭐가 미안해. 이렇게 도와주는 게 어딘데. 그런 소리 하지 말어."

"그래도……."

"됐어. 그냥 승민이나 잘 챙겨줘."

"예……."

작은아버지께선 자신의 집에서 나를 지내게 하지 못한 점이 맘에 걸리셨는지, 하숙집을 보러 다니는 내내 죄송하다는 말씀을 하셨다.

하숙집을 고르러 다니는 내내 어른들의 대화가 오갔고, 하숙집에선 아침만 먹고 저녁은 작은아버지 댁에서 먹는 것으로 결정이 되었다.

그렇게 한참을 돌아다닌 끝에, 작은아버지 댁에서 얼마 떨어져 있지 않은 마음에 드는 하숙집을 찾을 수 있었다.

이곳이 예전에 내가 살던 곳인지는 정확히 기억나지 않았다.

중년의 아주머니께서 어른분들과 이야기를 나누고 계신 사이, 낡은 담벼락이 이어진 골목길 한편에 위치한 붉은 지붕의 하숙집 주변을 둘러보며, 이곳에서 살았던 것인지 확인하려 했지만 역시 알 수 없었다.

그저 주변의 건물이나, 거리의 풍경이 과거의 빛바랜 사진처럼 눈에 익다는 것이 전부였다.

여러 하숙집을 둘러보느라 지치신 아버지께선 괜찮은데 그냥 정하고 가자고 하셨지만, 어머닌 화장실이나 내가 지낼 방 등을 꼼꼼히 살피며 하나하나 체크를 하고 난 후에야 안심한 표정으로 가격 협상을 하고 계셨다.

"승민인 어때? 이곳 괜찮아?"

주변을 확인하고 있는 내게 작은어머니께서 물어 오셨다.

"예, 좋은 것 같아요."

"그래, 지내다가 불편한 거 있으면, 작은엄마한테 말해. 알았지?"

"네, 그렇게 할게요. 작은엄마."

가격을 낮추려는 어머니와 그것을 막으려는 하숙집 주인아주머니와의 설전이 오갔고, 결국 2년을 지낸다는 것과 저녁은 작은아버지 댁에서 먹는다는 것으로 가격을 깎을 수 있었다.

만족한 표정으로 웃고 계신 어머니와 작은어머니, 그리고 그 옆에서 두 손 두 발 다 들었다는 표정의 남자들.

그중엔 나도 포함이 되어 있었다. 역시 어머니의 힘은 대단한 것 같다.

하숙집을 정하기 위해 화곡동의 주변을 돌아다닌 탓일까.

어느새 시간은 5시를 넘기고 있었다.

작은아버지 내외는 저녁을 드시고 가라고 아버지께 권했지만, 아버진 괜찮다며 내려가신다는 결정을 하셨다.

작은아버지께선 지금은 차가 막히기 시작할 때라며 버스보단 기차를 타고 내려가길 권하셨고, 우리 가족은 작은아버지의 권유대로 기차를 타기 위해 서울역으로 향했다.

작은아버지의 차를 타고 기차역에 도착해 보니, 여기저기 이제 3일밖에 안 남은 2000년에 대한 기대감이 고조되고 있는 분위기였다.

세상이 멸망한다는 팻말도 보였고 새로운 세기에 대한 축복을 담은 글도 보였다.

그중엔 기부를 해야만 지옥에 가지 않는다는 말로, 사람을 현혹하고 다니는 이들도 눈에 띄었다.

결국 불안에 휩싸인 사람들의 마음을 이용한 사기. 그로인해 전 재산을 잃은 이도 있었고, 그중엔 자살을 선택한 이도 많았다.

어째서 사람을 파멸로 이끌면서까지 자신의 뱃속을 채우려는 것일까. 난 경멸 어린 눈으로 그들을 바라보았다.

*　　　*　　　*

12월 31일의 밤.

새로운 시대를 기다리는 카운트다운이 시작되려 하고 있었다.

TV에선 사회자의 숫자를 헤아리는 목소리에 맞춰, 밀레니엄 축제의 현장에 모여 있는 인파들이 목청을 높여 숫자를 외쳤고, 곧 전광판이 2000년 1월 1일로 바뀌자 소리를 지르며 환호하는 사람들의 모습이 비춰졌다.

모든 것을 알고 있는 내겐 그리 특별한 날은 아니었다.

다만, 담담한 나완 달리 모두들 들떠하는 모습에서 나 혼자만이 동떨어져 있는 느낌을 받았을 뿐이다.

그 후 며칠이 지났지만 세계 종말이 그리고 전산마비가 온다던 세상의 염려완 달리 그저 평화로운 일상이 반복되고 있었다.

“참 나, 이게 뭐야. TV에서 말한 대로 된 게 하나도 없어.”

밀레니엄에 대한 소문에 관심이 많았던 시열이 녀석이 아무 일도 일어나지 않은 현실에 대해 푸념을 늘어놓았다.

“당연히 뭔가 일어난다는 게 더 이상하지 않냐. 그냥 하루가 바뀐 것뿐인데? 제발 생각 좀 하고 살아."

"그래도 밀레니엄 버그인가 뭔가는 일어난다며, 이게 뭐야. 기계가 인식을 못해서 고장 난다고 했었는데!"

"개발자들이 그렇게 바보겠냐? 그런 일로 전산마비가 올 정도면 진짜로 세상이 망했을걸."

"야, 그만들 해라. 오늘이 마지막인데. 뭘 그런 걸로 난리야."

나와 시열의 대화를 듣고 있던 현성이 우리를 말렸다.

난 씁쓸한 표정으로 시열과 현성을 바라보았다.

그래, 즐겁게 보내야겠지. 현성의 말대로 오늘은 녀석들과 이별을 해야 하는 날이니까.

6장

새로운 생활

박시열, 그리고 한현성.

과거로 돌아온 내게 깊은 인상을 남긴 두 친구와의 이별의 시간이 다가왔다.

시간은 어째서 바라는 것과 반대의 속도로 흘러가는 것일까.

나와 녀석들은 서울로 향하는 버스를 기다리며 마지막 인사를 나누고 있었다.

"그래, 전학 가서도 잘 생활해라."

"그래, 너도 잘 지내. 이 녀석도 잘 챙겨주고."

현성에게 시열을 가리키며 말을 하자 시열이 녀석은 얼굴을 찡그리며 말했다.

"뭘 챙겨! 너나 잘해!"

"나야 잘하지, 멍청아. 니가 문제지."

내 말에 뭐라 한마디 하려는 시열을 현성이 말렸다.

"최승민. 시열이 말대로 니 걱정이나 해. 우린 알아서 잘 지낼 테니까. 서울 놈들한테 무시당하지나 말고, 혹시라도 그리되면 어디서 내 친구라고 하지 마라."

"참 나, 전학 간다고 벌써 둘이 편먹은 거야? 무시? 하! 나 최승민이야. 나중에 보고 깜짝 놀라지나 마라. 형은 S대 가 있을 테니 만나려면 인서울해라. 애기들아."

"근데 인서울이 뭐야?"

다른 말들은 자체 필터링을 한 시열이 녀석이 궁금한 표정으로 나를 바라보고 있을 때, 서울로 향하는 버스가 들어오는 모습이 보였다.

신이시여, 감사합니다.

"후… 됐다. 그건 현성이한테 물어봐라, 등신아. 에휴… 형 보고 싶다고 울지들 말고 잘들 지내라!"

말을 마친 난 두 친구의 배웅을 받으며, 서울로 향하는 버스에 몸을 실었다.

"그래, 너도."

"뭐야! 알려주고 가!"

빈자리에 가서 앉자, 버스의 창으로 투덜대는 시열이 녀석을 말리며, 손을 흔드는 현성의 모습이 보였다.

그런 녀석에게 나도 손을 흔들어 주었다.

과거 그리 친하지 않았던 시열, 그리고 안면조차 거의 없었던 현성.

세상은 참 오묘하다. 이번엔 이렇게 그들과 특별한 인연이 되었으니까.

버스정류장에 도착해서 지하철을 타기 위해 이동하는 사이에, 본 많은 차와 사람들의 모습에 서울은 역시 서울이라는 생각이 들었다.

2026년. 미래의 서울에 비하면 부족하지만, 그래도 1년을 시골에서 지낸 나에겐 온통 논밭투성이였던 정동읍과 서울의 차이가 확연히 느껴졌다.

친구들과 시간을 보낸 탓에 오후에 출발하게 되어 결국 하숙집에 도착하니, 6시가 넘은 시각이었다.

초인종을 누르자 하숙집 아주머니가 아닌 젊은 여인의 목소리가 들렸다.

—누구세요?

"아, 이번에 하숙을 하게 된 학생입니다."

—아~ 잠시만요.

낡은 철문이 열리며 20대 초반으로 보이는 여성이 나왔고, 난 그녀를 향해 고개를 숙여 인사를 했다.

"안녕하세요."

"그래, 몇 학년?"

"아, 이번에 고2에 들어가요."

"오? 2학년. 한창 공부할 때네. 어쨌든 난 신지수라고 해. 이 집 딸이야."

신지수? 웃으며 말을 하는 그녀의 모습이 눈에 익었다.

과거 하숙을 하던 집의 딸이 대학교에 다니던 것이 기억났다.

과거에 난 남중, 남고에 다니던 탓에 여성을 대해 본 적이 거의 없었기에, 친절히 대해주던 그녀를 부담스러워하며 어찌할 바를 몰랐었다.

참 바보 같은 행동이었지.

결국 남자와 여자라는 것을 빼면 다 똑같은 사람인 것을.

"아, 예. 저는 최승민이라고 합니다. 앞으로 잘 부탁드립니다."

그래, 신지수. 눈앞에 긴 머리에 고운 얼굴의 여인이 어렴풋이 기억이 난다.

전에 왔을 땐 비슷한 건물들로 인해 확신이 서지 않았지만, 그녀를 보니 이곳이 예전에 내가 지냈던 하숙집이 맞는 것 같다.

"착하네. 남학생이라고 해서 우중충한 애가 들어오면 어쩌나 하고 걱정했는데. 들어가자."

"네."

우중충이라……. 그녀가 이렇게 말을 많이 했었던가. 잘 모르겠다. 어쨌든 예쁘장하게 생겼던 것만 기억나니까.

안으로 들어가자, 식사를 하던 중이었던 것인지 맛있는 냄새가 코를 자극했다.

현관에서 신발을 벗고 있자 신지수 누나가 주인아주머니를 불렀다.

누나라……. 뭔가 괴리가 있지만 뭐, 미래의 그녀는 나보다 늙었을 테니 그렇게 부르는 것이 맞겠지.

"엄마, 하숙생 왔어요!"

"그래?"

소리와 함께 파마머리의 아주머니께서 나를 반기셨다.

"어머! 오늘 온다고 해서 기다렸는데 조금 늦게 왔네? 학생 어머니께서 부탁을 했었거든."

어머니께서 어린 내가 걱정이 되셨던 모양이다.

뭐, 속은 마흔이 넘었다고 말씀을 드릴 수도 없고, 과거에도 뵈러 갈 때마다 걱정을 하셨던 분이시니.

부모에게 자식은 언제나 어리게만 보이는 걸지도 모르겠다.

"아, 예. 그렇게 됐네요."

"그래, 잘 왔어. 밥은 먹었고?"

"아니요. 지금 막 도착해서요."

"어휴, 지수야. 학생 밥 좀 퍼줘. 배고프지? 얼른 이리 와서 밥 먹어."

"네."

아주머니는 내 어깨를 토닥여 주시며 식탁으로 나를 안내했다.

"이름 승민이? 맞지?"

식사를 하던 중 아주머니께서 물으셨다.

"네, 최승민이요."

"그래, 이번에 신명고에 전학을 한다고."

"네."

"신명고? 거기 남녀공학 맞지?"

옆에서 듣고 있던 지수 누나가 대화에 끼어들었다.

"네, 저도 그렇다고 들었어요."

"아~ 나도 여고 말고 거기 다녔어야 했는데!"

"누나는 어디 고등학교 다니시는 데요?"

"나? 어머! 얘 난 대학생이야. 고등학생처럼 보였어?"

"그래요? 대학생이셨어요? 전 고3이신 줄 알았는데."

기분이 좋아진 그녀가 밝은 목소리로 내게 말했다.

"내가 말을 안 했나 보네. 이번에 대학교 2학년이야."

"으휴, 승민 학생이 예의상 얘기해 준 것도 모르고, 아주 좋아 죽겠지, 이년아."

"뭐가, 보이는 대로 말한 거야! 그치 승민아?"

"아… 예……."

역시 여자는 나이에 상관없이 어려 보이고 싶어 하는 만고불변의 진리를 다시 한 번 깨닫게 되는 순간이었다.

"잘 먹었습니다."

다 먹은 그릇을 치운 후 식탁 정리를 도와드리려고 하는 것을 아주머니께서 만류하셨다.

"어휴, 됐어. 학생은 올라오느라 고생했을 텐데, 어여, 쉬어."

"아니, 괜찮아요."

"고집은… 됐다니까."

지수 누난 내 등을 밀어 쫓아내었고, 그녀가 주방으로 향하는 모습을 보며 머리를 긁적이다 정작 집에 전화도 하지 않은 것이 생각났다.

이런 바보.

서둘러 전화기를 찾았다.

집에 전화를 하니 예상외로 아버지께서 전활 받으셨다.

—여보세요.

"아버지, 저 승민이요. 하숙집에 잘 도착했어요."

—그래? 밥은 먹었고?

"예, 하숙집 아주머니께서 차려주셨어요."

—그래, 잘 지내고, 무슨 일 있으면 전화해.

"예."

—아, 그리고 니 작은아버지도 너 왔나 걱정할 테니 꼭 전화하고.

"그럴게요."

과묵하신 아버지의 성격 탓에 긴 대화가 오가진 않았다.

전화를 끊으려고 수화기를 내려놓으려는데, 수화기에서 자신을 바꿔주지 않고 끊는 아버지께 화를 내시는 어머니의 목소리가 들려왔다.

잘 갔다는데 뭘 바꾸냐는 아버지와 그래도 할 말이 있을 줄 어떻게 아냐며, 다투시는 두 분을 뒤로한 채 난 수화기를 내려놓았다.

작은아버지께 전화를 드린 후, 미리 보내놓은 짐을 풀기 위해 2층의 내 방으로 향했다.

하숙집은 2층집인데, 1층은 하숙집 주인아주머니 가족이 사용하고, 아직 하숙생이 없는 우측의 방 옆에 위치한 방을 내가 사용하고 있다.

현관문을 열고 나가면 건물 한쪽에 계단이 있었던 기억도 나는데, 아마 그 계단을 오르면 하숙집 옥상으로 올라갈 수 있었던 것으로 기억한다.

뭐, 옥상이 있었다곤 하지만 과거엔 거의 올라가 보지 않았다.

이번에도 그렇게 되지 않을까?

별이 수놓은 시골의 밤풍경도 아니고, 서울의 밤하늘은 도시의 인공 별들만이 빛나고 있을 테니.

그나저나 과거 부모님께서 같이 올라와 짐을 풀어주실 땐, 어머니께서 해주시는 것을 거의 멍하니 보고 있었기에 몰랐지만 막상 혼자서 하려니 정말 짐이 많았다.

"후… 이걸 다 언제 정리하나……."

방 한쪽의 소포 박스에 한가득 담겨 있는 교복하며 집에서 쓰던 물건들을 정리하다 보니 허리가 아파왔다.

똑, 똑.

"예."

"승민아, 들어가도 돼?"

지수 누나의 목소리였다.

"예, 들어오세요."

문이 열리며 누나가 귤이 담긴 접시를 가지고 방으로 들어온다.

"엄마가 너도 가져다주라고 해서 왔는데 나중에 먹어."

그녀는 내 방 꼴을 보곤 한쪽 입꼬리만을 올린 채 비어 있는 책상에 접시를 내려놓고 나갔다.

"그럼 수고해~"

"네."

밝게 말하며 나가는 그녀에게 힘없이 대답해 주었다.

탁.

문이 닫히는 소리와 함께 그녀의 모습이 사라졌다.

좀 도와주면 덧나나.

"착한 척하더니, 좀 도와주면 덧나나. 귤은 무슨 내일은 돼야

먹겠구만…….”

그렇게 힘든 짐 정리 탓에 뒷담화를 하고 있는데, 문이 열리며 눈앞에 눈을 가늘게 뜨고 노려보는 지수 누나의 얼굴이 보였다.

“오호? 그래? 그럼 못된 난 나가봐야겠네?”

“하하하, 누나… 언제 오셨… 어요?”

“착한 척하려고 부터?”

“다 들으… 셨어요?”

그녀는 천천히 고개를 끄덕이며, 날 잡아먹을 기세로 노려보고 있었다.

“사람은 겪어 봐야 안다고 착한 줄 알았는데 실망이야.”

“죄송해요. 짐이 너무 많다 보니… 하하……. 진심은 아니에요.”

안절부절못하고 그녀의 눈치를 살피고 있는데, 누나가 등을 소리 나게 한 번 내려치며 말했다.

짝!

“됐다, 됐어. 한 살이라도 더 먹은 내가 참아야지. 옷은 내가 넣어줄 테니까. 넌 다른 짐이나 챙겨.”

사실 스무 살은 더 많았지만 이번엔 내가 어른스럽지 못했다.

“예, 누나. 미안해요.”

“한 번만 더 그래 봐! 국물도 없을 줄 알아!”

“네.”

환하게 웃으며 짐 정리를 도와주기 시작한 그녀를 보며, 나도 문제집과 책들을 책상에 꽂기 시작했다.

“수고하셨습니다.”

"그래, 너도 고생했어. 아휴, 주말에 이게 뭔 고생이야."

"하하, 귤이라도 드실래요?"

"뭐?"

그녀는 자신이 가져다준 귤을 건네며 말을 하는 것이 어이가 없었는지, 피식 웃더니 내 머리를 쓰다듬었다.

"……."

"됐네요. 너나 많이 드세요. 난 이만 가볼 테니까 편히 쉬어. 올라와서 짐 정리하느라 고생했을 텐데."

"네, 누나도 편히 쉬세요."

"그래."

그녀가 방을 나서는 모습을 보고 있으니 문득 과거에 그녀와 이야기를 나눈 것보다도 오늘 하루 동안 나눈 말들이 더 많을지도 모르겠단 생각이 들었다.

"후, 좋은 쪽으로 바뀌어 가는 거라고 생각해야겠지."

드디어 과거의 암울했던 시간들과 조우를 해야 할 시간인가.

침대에 몸을 맡기자 그때의 기억의 잔재들이 뇌리를 스치고 지나간다.

투명인간.

이 말이 과거 신명고에서 보낸 2년의 기간을 잘 설명해 주지 않을까?

힘든 학창 시절을 보낸 나를 누구도 신경 쓰지 않았었다.

괴롭히는 이들을 제외하곤 마치 내가 보이지 않는 것처럼.

창문으로 들어오는 햇빛에 눈이 부셔 일어나 보니 밤새 추웠는지, 어느새 이불로 몸을 돌돌 말고 있었다.

덮고 있던 이불을 치우자 옷도 벗지 않고, 잠이 들어버려서인지 어제 입었던 옷을 입은 채였다.

"흐암~ 피곤했었던 건가."

졸린 눈을 비비며 침대에서 일어나 시계를 보니 9시였다.

"오래도 잤네. 일어나 볼까."

멍한 정신을 깨우기 위해 기지개를 펴곤 방을 나서 1층으로 향하는 계단을 내려갔다.

"어! 일어났네?"

거실로 내려오고 있는 날 본 지수 누나가 반갑게 말을 걸어왔다.

"네, 근데 누난 어디 가시나 봐요?"

외출할 모양인지 내게 말을 하면서도 나갈 준비를 하고 있는 그녀에게 물었다.

"아~ 나야 알바 가지."

"알바요? 이렇게 일찍부터요?"

"응. 이 앞 편의점에서 일하거든. 저녁에 하는 것보다 아침에 하는 게 나아. 밤엔 술 취한 손님도 많고 밤길도 위험하니까."

"그래요?"

"어. 어쨌든 누난 빨리 나가봐야 되니까. 밥은 주방에서 국 데워서 먹어."

그 말과 함께 지수 누난 손을 흔들며 현관문을 열었다.

"네, 수고하세요."

누나가 나간 후 난 거실의 식탁으로 향했다.

식탁 위에 올려져 있는 냄비의 뚜껑을 열어보니, 두부와 호박을 넣고 끓인 먹음직해 보이는 된장찌개가 내 식욕을 자극했다.

"오랜만에 혼자 먹어 보네."

찌개와 밥이 올려진 4인용 식탁이 왠지 크게 느껴졌다.

"역시 사람은 혼자선 살 수 없는 건가."

그렇게 찌개와 식사를 마친 후, 씻기 위해 화장실로 향하는 내게 거실에 걸려 있는 달력이 눈에 들어왔다.

"어디 보자."

큰 글씨로 숫자가 쓰여진 달력을 보니 신명고의 새 학기까지 앞으로 3일.

"코앞이구만."

새 술은 새 부대에 담는다는 말이 떠올랐다.

새로운 신명고의 생활을 준비하는 마음으로 목욕이나 할까?

마음을 먹고 목욕탕으로 향하려 했지만, 동네목욕탕이 근처에 있었던 것만 떠올랐지 정확한 위치는 생각이 나지 않았다.

"누나가 근처 편의점에서 일한다고 했었지? 멀진 않겠지."

아직 쌀쌀한 날씨에 패딩을 걸쳐 입은 채, 좁은 골목길을 따라 큰길로 나서 10분 정도 주변을 헤맨 끝에 한 편의점에서 낯익은 얼굴을 발견할 수 있었다.

반가움에 문을 열고 들어가자 손님을 맞는 밝은 톤의 목소리가 들려왔다.

"어서 오세요~"

그리고 손님이 나란 것을 확인한 누난 어이없단 눈으로 나를 바라봤다.

"뭐야? 최승민? 그건 그렇고 너 머리는 새집을 지어놓고! 이 누님이 일하는 신성한 곳에 발을 들여?"

"아……."

누나의 말에 황급히 머리를 만져보니, 사방으로 뻗친 머리카락이 만져졌다.

"목욕할 생각에 깜박했네요."

머리를 긁적이며 지수 누나를 보자 누난 고개를 절레절레 흔들며 한심하단 말투로 말했다.

"그럼 목욕탕에 가야지. 왜 여기로 왔어? 아~ 어딘지 모르겠구나."

"그렇죠."

"으흥, 목욕탕? 나도 몰라."

"네?"

그럴 리가? 서울 토박이에 이곳에서만 살았다고, 그렇게 떠들며 모르는 게 있으면 물어 보라던 게 어제인 걸로 기억하는데, 과거에 집과 학교만 오가던 나도 알던 일을 모른다고?

"너 표정 완전 얼었어."

"네?"

지수 누나의 놀리는 듯한 말투에 놀라 앞을 보니, 장난기가 가득한 누나의 얼굴이 보였다.

"뭘 그리 놀래?"

아무 일도 없었다는 듯 행동하는 눈앞의 여인을 노려보며 말했다.

"후, 시골에서 올라와 아무것도 모르는 어린 동생을 이렇게 놀리면 좋아요?"

"응."

"하유~ 전 이만 가볼게요. 수고하세요."

"잠깐만."

"왜요?"

놀림을 당한지라 내 목소리엔 날이 서 있었다.

"멍청아, 목욕탕 위치는 알고 가야지."

그리고 내 뺨에 차가운 감촉이 느껴졌다.

"어?"

"자."

그녀의 손엔 바나나 우유가 들려 있었다.

"뭐예요?"

"촌뜨기 서울 입성 선물."

미묘한 표정으로 그녀를 바라보자, 내 어깨를 툭 치며 말했다.

"뭘 그렇게 봐. 목욕탕 간다며, 목욕하면 바나나 우유지! 그리고 이건 약도."

"네에, 잘 먹을게요."

난 누나에게 우유를 흔들어 보이며 인사를 했다.

"응. 빡빡 씻어!"

누나가 저런 성격이었나. 그런 생각을 하며 누나에게 받은 약도를 펴 보았다. 아기자기한 글씨체로 글이 한 줄 적혀 있었다.

나와서 좌회전! 그리고 직진!

문득 과거 웃는 얼굴로 친절히 인사만을 건네 왔던 그녀의 모습이 떠올랐다.

달라진 내 행동 탓일까? 뭐 지금의 이 모습, 그리 좋은 방향은 아닌 듯하다.

편의점을 나서기 전까지도 장난기 가득했던 그녀의 모습을 생각하니, 그저 과거의 모습을 봤으면 하는 바람만이 점점 커져 간다.

누나가 준 약도(?)를 따라 걷다 보니, 어느새 목욕탕을 나타내는 간판과 화곡 목욕탕이라고 쓰여진 건물이 보였다.

외관으로 보이는 목욕탕은 2층 높이의 작은 크기였다.

안으로 들어가 카운터를 보고 계신 마른 체구의 아주머니께 계산을 하고, 때수건과 샴푸를 주머니에 넣은 채 2층의 남탕으로 향했다.

안으로 들어서자 평일 아침이라 그런지 사람은 목욕탕에서 일하시는 분들을 제외하곤 보이지 않았다. 옷을 벗어 사물함에 넣은 후 탕으로 향했다.

일찍 와서인지 탕 안의 물은 바닥이 비칠 정도로 맑았다.

탕은 2개가 전부였는데, 열탕은 정사각형의 모양이었고 3명 정도가 겨우 들어갈 크기였다.

그 옆으로 붙어 있는 직사각형 형태의 온탕은 성인 남성이 몸을 펴면 발끝이 닿을 정도로 작았다.

천천히 온탕에 몸을 담그자 온탕이었지만 이른 시간이라 그런지 물은 마치 열탕같이 뜨거웠다.

그렇게 몸을 담그고 있자, 문이 열리며 스포츠머리의 잘생긴 청년이 내가 있는 온탕으로 들어왔다.

조금 떨어진 자리에 앉는 그를 힐끔 보곤, 다시 눈을 감은 채 뜨거운 물에 몸을 맡겼다.

얼마 지나지 않았지만 뜨거운 열기를 참지 못한 난 일어나 몸을 닦기 위해 욕탕 의자에 앉았다.

철퍽철퍽.

물소리에 뒤를 돌아보자 아까 탕에 들어왔던 청년이 탕에서 나와, 내 옆에 놓인 의자에 앉으며 물었다.

“학생, 등 좀 밀어줄 수 있나?”

어린놈이 ‘있나?’라니. 잘 봐줘야 20대 초반으로 보이는 녀석이…….

어쨌든 화를 참으며 주위를 둘러보자, 청년과 나 둘만이 덩그러니 욕탕의자에 앉아 있을 뿐, 딱히 그의 등을 밀어줄 다른 사람은 보이지 않았다.

어차피 나 역시 혼자 등을 밀긴 힘들었기에 그를 밀어주고 내 등도 부탁하는 편이 나아 보였다.

“예, 그러죠.”

내가 수락을 하자 청년은 말없이 등을 돌렸고, 그 모습에 때수건을 들어 열심히 그의 등을 밀어주었다.

청년의 등이 벌게질 때 즈음 더 이상 때는 나오지 않았기에 난 마무리로 물을 뿌려주곤 청년에게 내 등도 밀어 달라는 표시로 그를 향해 등을 돌렸지만, 눈앞에 보인 것은 샤워기로 향하는 그의 뒷모습이었다.

어이가 없어 멍하니 보는 사이, 어느새 청년은 샤워를 시작했고 그런 그에게 등을 밀어 달라고 하기도 뭐해 작게 투덜거리며 홀로 때를 밀기 시작했다.

"하… 참 나, 지만 밀면 다야? 어? 이래서 도시 놈들은 정이 없다는 거야. 둘뿐이 없으면 내가 밀어줘도 되겠나? 지 좋아하는 사극 톤으로 말하면 안 돼? 어린 녀석이 예의가 없어서 사회생활은 어떡하려고!"

그렇게 홀연히 떠나 버린 그놈에게 푸념을 늘어놓으며 힘겹게 등을 밀었다.

이놈의 등은 오늘따라 왜 이리 넓기만 한지.

혹시나 사람이 오지 않을까 하는 생각에 천천히 밀며 기다려 보았지만, 바람과는 달리 시간이 지나도 아무도 오지 않았다.

결국 애꿎은 때수건만 바닥에 집어 던지곤, 대충 마무리를 하고 욕탕을 나올 수밖에 없었다.

때를 밀어 산뜻해야 했지만 청년과의 불쾌한 기억으로 기분이 좋지 않았던 난 옷장 문을 세게 열며 옷을 꺼내기 시작했다.

또르르.

무언가 굴러가는 소리가 들려 고개를 밑으로 내려 옷장을 확인하자, 한쪽에 놓아두었던 우유가 바닥으로 떨어지려 하고 있었다.

"어, 어, 헛!"

간신히 바닥으로 떨어질 뻔한 우유를 잡을 수 있었다. 그래도 서울살이에서 처음으로 받은 선물인데, 먹지도 못하고 버릴 순 없지.

"큰일 날 뻔했네. 이 아까운걸."

손 안에 있는 우유를 따 마시기 시작했다. 시간이 지난 탓에 미지근하긴 했지만 지수 누나의 말대로 목욕 후에 먹는 바나나 우유는 최고였다.

"잘 먹었다는 말이라도 해줘야 하나."

아까 청년과의 일로 기분 나빴던 것도 풀리게 해줬으니 하긴, 뭐 아까 그 일은 내가 그 청년에게 말을 하지 않은 탓도 있나.

생각해 보니 나란 놈도 참 간사하단 생각이 든다.

고작 우유 하나로… 됐다.

잡생각을 털며 옷을 걸치고 목욕탕 건물을 나서자, 목욕을 해서 그런지 더욱 쌀쌀하게 느껴졌다.

봄이건만, 이렇게 봄비가 내린 후에 우중충한 거리를 보면, 언제나 겨울이 다시 돌아온 것은 아닐까란 생각을 한다.

살을 에는 바람과 두텁게 입고 길을 걷는 사람들의 모습.

푸르게 변하기 시작하는 세상의 풍경을 보지 못했다면 그렇게 생각했을지도.

새로운 시작의 계절인 봄.

난 그 시작인 2월 끝자락에 푸른 하늘을 보며 기원한다.

최승민.

돌아온 너의 청춘엔 행복만이 가득하기를.

*　　　*　　　*

"뭐야? 이 새벽에."

이른 아침, 등교 준비를 하는 나를 반쯤 잠긴 눈으로 바라보는 여인.

“이년아! 뭐가 새벽이야. 얼른 씻어. 대학 들어갔다고 늘어지지 말고!”

잠이 덜 깬 지수 누나를 향해 아주머니께서 호통을 치시며 등짝을 후려 치셨다.

“아퍼! 엄만.”

핑크빛 잠옷 차림으로 방을 나오던 그녀를 보았을 때, 난 가슴이 두근거리기 시작했다. 성숙한 여인의 향기로 인해.

하지만 그 두근거림은 오래가지 못했다.

사자의 갈기와 같이 뻗친 그녀의 머리와 부은 눈을 비비며, 눈곱을 떼던 누나와 눈이 마주쳤을 때, 첫째 딸내미와 그녀가 오버랩되었고, 내 가슴은 싸늘하게 식어 내리며 한숨만이 내 입가를 맴돌았다.

“음? 야, 최승민. 너 표정이 왜 그래? 누님께서 일어나셨으면 인사부터 해야지!”

아주머니께 혼난 불똥이 내게로 튀려하고 있었다.

“누나 잘 잤어요?”

딱!

내 말에 누나가 무언가 말을 하려고 했지만, 그보다 아주머니의 오른손이 그녀의 머리로 떨어지는 게 빨랐다.

“너나 인사 좀 해. 이것아! 으휴, 지 애미를 보고도 멀뚱멀뚱 있는 게 누굴 가르쳐? 그리고 승민이도 있는데 잠옷 차림으로 나오고 잘한다~ 잘해! 얼른 안 들어가!”

“아! 왜 자꾸 때려. 뭐 어때! 승민이가 뭐! 저 꼬맹이가 무슨.”

글쎄, 그쪽도 대학교 2학년이면 아무리 많이 쳐줘도 5살 차이

일 텐데. 그리 많이 차이 나는 것은 아니네. 처자.

"니 아빠 보면 몰라? 사내놈들은 다 똑같아! 어리기는."

아주머닌 그 말을 하시곤 아차 싶은 표정으로 내 눈치를 살폈다.

"괜찮아요. 저희 엄마도 자주 하시던 말씀이신데요."

웃으며 말을 건네는 내 모습에, 아주머닌 민망함을 감추려는 듯 서둘러 말을 이으셨다.

"호호호. 그래, 그냥 하는 말이지 뭐. 승민아, 어서 앉자."

"네."

"잰 그냥 남동생이라니까. 안 그래?"

나를 보며 동의를 구하는 지수 누나의 모습에 장난을 칠까도 생각했지만, 왠지 묘한 상황이 될 것 같았기에 그저 그녀를 보며 고개를 끄덕여 주었다.

"봐봐."

"보긴 뭘 봐! 얼른 씻고 와서 밥이나 먹어!"

과거와 달리 하숙집 식구들에게 사회생활로 다져진 대인관계의 정석을 보여준 결과, 그들과 많이 친해질 수 있었다.

문제는 너무 친해졌다는 것.

그 여파가 오늘의 풍경을 낳게 만들었다.

첫날이니 힘들 수도 있으니 밥심으로 버티라며, 아주머닌 상다리가 휘어질 정도의 과한 음식을 차려주셨다.

그런 과한 대접에 부담스러워 어찌할 바를 모르고 있을 때, 타이밍 좋게 지수 누나가 구원을 해줬다고 해야 할까.

뭐, 요 며칠 사이 겪어본 바로는 그저 맛있는 음식 냄새에 이

끌려 나왔을 게 뻔하지만.

어느새 씻고 나와 식탁에 앉은 지수 누나가 입안 가득 음식을 넣은 채 내게 물었다.

“야, 오늘부터 개학이야?”

“네.”

“전학이라 친구도 없어서 처음에 힘들겠다.”

“아무래도 그렇겠죠.”

“뭐, 넌 잘할 것 같아. 첫날 나보고 ‘귤~ 드실래요?’ 했었던 것처럼만 해~”

비꼬는 말투로 말을 하는 소녀여, 어찌하겠는가. 한 살이라도 더 먹은 내가 참을 수밖에.

“누나, 은근히 담아두는 성격이신가 봐요?”

방긋 웃으며 말을 하자, 젓가락을 잡은 지수 누나의 손이 부르르 떨렸다.

“호호, 우리 승민인 어쩜 말을 해도 이렇게 싸가지가 없을까?”

“다 누나한테 배운 거죠, 뭘~”

그런 우리의 대화를 지켜보시며, 웃고 계시던 아주머니께서 중재에 나서셨다.

“으이구, 잘들 논다. 응? 그만하고 밥 먹어. 승민이, 넌 준비도 해야 하잖아.”

“예.”

“엄만! 얘가 말하는 거 못 들었어!”

“뭘? 다 맞는 말이구만.”

“엄마!”

과거와 달리 화목한 하숙 생활로 인해 한결 편해진 마음으로 하숙집을 나설 수 있었다.

"다녀오겠습니다."

보통의 하숙집과 다른 풍경.

행한 만큼 돌아온다는 진리를 다시 한 번 느끼게 해주는 순간이었다.

날 배웅을 해주던 아주머니께서 내 어깨를 토닥여 주셨다.

"그래, 열심히 하고, 잘 다녀와."

그런 아주머니 뒤에서 지수 누나의 목소리가 들려왔다.

"친구 많이 사귀고 촌티 내지 마!"

"예, 그럴게요."

하숙집에서 그리 멀지 않은 곳에 위치했던 신명고.

그곳으로 가는 길은 지금도 또렷이 기억하고 있다. 걸어서 10분 거리. 얼마 안 되는 그 거리를 걷는 동안 난 수많은 생각을 했었다.

그냥 가지 말까?

서울로 보내주신 부모님께 돌아가고 싶다는 말조차 하지 못했던 소심하고 겁 많던 소년.

그저 한 걸음 한 걸음 발을 옮길 때마다, 난 지옥의 입구로 향해 가는 것처럼 떨리는 두 다리를 힘겹게 내디뎠었다.

시골의 평범한 고등학생이었던 내가 왕따로 전락해 버린 시간은 한순간이었다.

3일. 그래, 고작 3일이었다.

다른 녀석들에게 무시를 당하던 녀석들조차 나를 무시했었다.

그렇게 고립된 채 그런 나날들에 익숙해지고, 결국 그것이 당연한 일상이 되어버리자 날 괴롭히던 강민기와 그의 패거리들은 날이 갈수록 더 크게만 느껴졌었다.

난 점점 소심해져만 갔고 자존감마저 사라져 그저 그런 일상에 파묻힌 채 음울한 아이로 주변에 비춰졌다.

끝내 포기하지 않고 나를 감싸주셨던 작은어머니의 울음에, 삶을 포기하라는 마음속의 유혹을 뿌리칠 수 있었던 것이 기적이라고 느껴질 정도로.

내 인생을 송두리째 바꿔 버린 그곳으로 나는 다시 한 걸음씩 발을 내딛고 있다.

학교로 향하는 길엔 이른 아침임에도 사람들이 각자의 일들을 하며 분주히 움직이고 있었다. 마치 기계와 같이.

이렇게 그들은 하루를 반복하겠지.

하지만 그들 중 이런 소소한 일상의 소중함을 아는 이는 거의 없을 것이다.

언제나 행복을 찾기에 급급할 뿐. 나 역시 그것이 부서져 버리고 나서야 그 소중함을 알게 되었으니까.

그렇기에 난 마흔의 나이에 다시 도착했을 때, 소박한 내 일상을 즐기는 날을 꿈꾸며 오늘도 어긋났던 톱니바퀴를 맞추기 위해 발버둥치고 있다.

강민기. 그저 조용히 넘어 가자.

불필요한 분쟁이 일어나지 않았으면 하는 바람을 안은 채, 신명고로 향하는 발걸음을 재촉했다.

얼마 걷지 않아 도로 옆 건물엔 학교 주변임을 알리는 문방구들이 들어서 있었다.

난 건물들을 지나쳐 갈색과 흰색이 어우러진 4층 건물로 향했다.

그저 눈에 익다는 느낌만이 드는 것은 어쩌면 당연한 결과일지도 모르겠다.

마흔 살이 넘게 살았지만 난 졸업 후 한 번도 이곳에 다시 와본 적이 없으니까.

눈앞에 보이는 신명고는 전교생 수, 800명 정도의 학교로 내가 다녔던 정동중·고등학교 건물을 합친 것보다도 조금 더 큰 크기였다.

아마도 어린 난 거의 정동고 전학년의 학급수와 맞먹는 규모의 학급과 그에 따르는 수많은 학생으로 인해 주눅이 들지 않았을까?

그만큼 신명고는 그 외관에서부터 정동고와는 너무나 달랐다.

왠지 이곳에 오고부터 사색이 너무 늘어버린 기분이다.

최승민. 정신 차리고 과거보단 현실에 집중하자.

신명고등학교라 쓰여 진 명패 앞에서 두 손을 들어 얼굴을 소리 나게 친 후 교문을 들어섰다.

"후, 힘내자."

어머니께 받은 담임 선생님의 이름이 적힌 쪽지를 손에 쥐고 1층의 교무실로 향했다.

문을 열고 들어가자, 책상이 늘어선 교무실엔 몇 분의 선생님께서 자리에 앉아 업무를 보고 계셨다.

그중 가장 가까운 곳에 위치한 중년의 남자 선생님께 다가갔다.

"저……."

"음? 못 보던 놈인데? 왜?"

"오늘부터 전학을 오게 된 최승민이라고 합니다."

"그래? 음 명찰을 보니까 2학년이네? 오늘 전학생 오기로 했던 반이 7반이었나? 잠시만."

말을 마친 그분은 반대편 쪽에 앉아 계신 안경을 쓴, 고집이 있어 보이는 깡마른 선생님께 말을 거셨다.

"김 선생, 오늘 전학생 오기로 하지 않았어?"

"예, 그랬죠."

"그래? 최승민 맞나?"

"잠시만요."

무언가를 뒤적이던 김 선생님이란 분은 고개를 끄덕였다.

"예, 맞네요. 최승민인 건 어찌 알았습니까?"

"뭘 어찌 알아. 여기 왔으니까 알지. 최승민."

그는 손으로 오라는 제스처를 취하며 나를 불렀고, 중년의 선생님께 다가가자 그는 김 선생님이란 분께 데리고 가주셨다.

"애가 승민이. 오늘 전학 오기로 한 학생."

그 말을 끝으로 그는 자신의 자리로 돌아갔다.

김 선생님은 나를 한번 보시곤 내 기록이 적혀 있을 거라 예상되는 종이를 훑어 내리기 시작했다.

"그래, 승민이라고? 나는 너를 맡게 된 2학년 7반 담임인 김호경이야. 일단은 좀 앉아서 이야기를 해보자."

김 선생님은 자신의 옆에 놓인 의자를 당겨 내 앞에 놓아주셨다.

"음, 승민이 어머니께선 한번 찾아오셨다가 가셨고. 뭐, 넌 아직 방학이 아니라 수업을 받아야 된다고 하더라고. 학교 보니까 어때?"

"예, 좋은 것 같아요."

"그래? 뭐, 이렇게 승민이가 전에 다니던 학교생활 기록부를 보니까 성적도 좋고, 사고 친 일도 없는 것 같네."

"예……."

나지막이 읊조리듯 말씀하시는 선생님의 목소리 탓에 귀를 기울이지 않으면 잘 알아들을 수 없었다.

"7반인데 남녀공학인 건 알지?"

"예, 그렇다고 들었습니다."

그는 나를 보며 의미심장한 미소를 지으며 말을 이었다.

"운도 좋네. 1반에서 6반까지 남녀분반. 7반만 신명고에서 유일하게 남녀 혼반. 로망이지, 로망."

선생님께서 하시는 말씀과는 어울리지 않는 딱딱한 어투였기에, 뭐라고 대답을 해드려야 할지 감이 잡히지 않았다.

"아……."

한동안 침묵이 흘렀다.

전학 온 나를 편하게 해주려고 한 말이겠지만, 선생님의 말투와 내용의 괴리감으로 인해 오히려 서로에게 부담으로 다가오고 있었다.

어쨌건 합반이라… 그랬었나?

그 당시 나에겐 그건 중요한 일이 아니었으니, 아니, 오히려 신명고에 대한 기억은 떠올리려 하지 않았다는 게 맞는 것이겠지.

"으흠, 어디 보자. 지금이 7시 20분이니까, 수업이 시작하려면 30분 정도 남았거든. 앉아서 편히 쉬다가 궁금한 게 생기면 언제든지 말하고 잘 지내보자고."

"예."

더 이상 할 말이 없으셨는지 선생님께선 머리를 긁적이시며 책상으로 눈을 돌리곤 무언가를 쓰시기 시작했다.

그렇게 10분이 흘렀을까?

멍하니 앉아 있을 바엔, 차라리 화장실이나 다녀오는 것이 나아 보였다.

"저, 선생님. 화장실 좀 다녀와도 될까요?"

"아, 그래? 화장실이 어딘지는 알고?"

"예, 오면서 확인했어요."

"그러면 어여 다녀와."

"예."

교무실을 나와 교실이 없는 1층엔 교원용 화장실만 있었기에 좌측의 계단을 이용해, 2층에 있는 1학년 화장실로 향했다.

올라가 보니 0교시가 한창인 시간인지라 교실 복도는 텅 비어 있었다.

화장실로 들어가 손목의 시계를 확인했다.

20분 정도 후면 선생님께서 날 소개시켜 줄 것이다. 그 시간이 다가올수록 마음속의 떨림은 커져만 갔다.

마음을 추스를 요량으로 교복의 매무새를 정리하며 거울에 비친 모습을 확인했다.

평범한 인상의 짧은 스포츠머리에 신명고 춘추복인 흰 와이셔츠에 밤색의 조끼를 걸치고, 베이지 색의 바지를 입고 있는 나.

교복이 아깝다. 새 교복이라 깔끔한 옷은 평범한 내 모습을 더욱 부각시키는 듯했다.

어릴 적엔 잘생기길 바라지 않은 것은 아니지만, 지금은 별 감흥이 없다. 솔직히 조금은 아쉽긴 하다.

주변 놈들 중 잘생겨서 손해 본 놈은 없으니 말이다.

"후, 오늘 하루로 나의 내일이 결정된다. 그렇게 쫄아 있지 마라. 인생 별거 없는걸. 아는 놈이 왜 이리 움츠려 있어. 웃어. 준비한 대로만 하면 돼."

마음을 다잡고 화장실을 나섰다.

"음, 왔어? 이제 끝날 시간이니까. 따라오면 돼."

"네."

담임 선생님께선 일부러 조회 시간에 맞춰, 화장실에 다녀온 나를 이끌고, 2학년 7반이 있는 3층으로 향하셨다.

"긴장되니?"

내 손을 잡아 보신 선생님께서 내게 물으셨다.

"예?"

"손에 땀이 많네."

"예, 조금 긴장되긴 하네요."

"다 똑같으니까 너무 긴장하지 말고, 전에 학교에서처럼 생활하면 별문제 없을 거야."

"예."

선생님과 대화를 나누며 걷는 사이, 어느새 2학년 7반이라 쓰여 진 문구가 눈에 들어왔다.

반은, 선생님께서 오시기 전이어서인지 밖에서도 들릴 정도로 소란스러운 분위기였다.

드르륵.

선생님께서 그런 교실의 문을 여시자, 교실은 일순간에 조용해졌다.

"뭐 그리 할 말이 많아. 공부나 좀 하지. 어쨌건 얼른 자리에 앉아."

모두가 자리에 앉자 선생님께선 교탁에 서시며, 문 앞에 있는 내게 들어오라는 손짓을 했다.

난 숨을 크게 들이쉬며 마음을 다 잡고, 선생님께서 서 계신 교탁 옆에 가방을 들고 섰다.

"뭐, 벌써 소문을 들었겠지만 우리 반으로 전학 오게 된 승민이라고 한다. 다들 잘 지내고. 승민인 뭐 할 말 있으면 한마디 하고."

"네, 난 정동고에서 전학을 오게 된 최승민이라고 해. 다들 잘 지내보자."

오히려 눈앞에 35명의 학생을 보자 긴장감은 사라져 갔다.

"최승민?"

탁.

"아?"

누군가 어깨를 잡는 느낌에 고개를 돌리자, 선생님께서 황당하다는 표정으로 나를 보고 계셨다.

"인마, 부르면 대답을 해야지. 뭘 그리 멍하니 서 있어?"

교실의 곳곳에서 학생들의 웃음소리가 들려왔다.

"아, 죄송합니다."

긴장을 너무 놓은 모양이다. 민망함에 얼굴이 화끈거렸다.

"그래, 소개는 다한 거야?"

"네."

"그럼 저 중간에 빈자리 보이지?"

선생님의 손이 가리키는 방향을 보니, 비어 있는 책상이 눈에 들어 왔다. 위치상 아마도 전학을 온 나를 배려해 주신 것이겠지.

"네."

"그래, 이제부터 저기가 니 자리니까 가서 앉아."

선생님의 말씀대로 난 가방을 들고 빈 책상에 가서 앉았다.

"아무튼 오늘 승민이가 이렇게 전학을 오게 되었으니까, 혹시라도 괴롭히거나 그러지 말고 잘들 지내. 알겠지?"

"예~"

선생님께서 교실을 나서는 모습을 보며 호흡을 가다듬었다.

"야, 어리버리."

뒤에서 들려오는 목소리에 올 것이 왔음을 직감했다.

"무시하냐?"

내가 뒤돌아보지 않자 기분이 상했는지 낮게 깔린 목소리로 말하며, 책상에 손을 얹은 녀석을 보는 순간 한눈에 누군지 알 수 있었다.

놈의 야비해 보이는 쭉 찢어진 작은 눈과 길쭉한 턱. 그래, 강민기. 내가 어떻게 너를 잊겠니.

그 잘나신 강민기 님께서 양아치의 표상인 쫄바지를 입고, 껄렁하게 서 위협을 하고 있는 상황이었지만, 두려움에 떨던 과거와는 달리 내 마음은 이상하리만큼 평온했다.

이곳에 오기 전 긴장되고 떨릴 거라고 생각했던 예상과는 정반대의 상황.

"나?"

손가락으로 날 가리키며 묻자, 인상을 쓴 강민기가 걸레를 문 것처럼 욕을 하며, 입을 나불대기 시작했다.

"씨발, 알긴 아네. 어? 첫날부터 존나 어리바리 하는 새끼가 너 말고 또 있겠어? 어디서 오셨냐고요. 처물어봤잖아요. 그럼 대답을 해주셔야죠. 씨발놈아. 왜 사람 말을 처먹으세요?"

"아, 미안. 못 들었어. 경기도 정동고에서 왔어. 근데 초반부터 말이 걸다?"

"뭐? 너 좀 놀다 왔냐? 어디 들어보지도 못한 시골 촌 동네서 올라온 새끼가. 미쳤냐? 씨발."

거친 욕설을 내뱉으며 녀석은 점점 내게로 다가오고 있었다.

이 녀석이 이렇게 작았던가? 과거에 내게 시비를 걸던 강민기가 맞는 건가?

혹시나 하며 그의 명찰을 확인했지만, 명찰엔 분명하게 강민기란 세 글자가 새겨져 있었다.

풋내 나는 애송이.

과거의 겁 많던 소년이 아닌 중년의 나이에 내가 다시 강민기를 본 소감이었다.

키는 작지만 자신만의 분위기를 풍기던 현성과는 너무 대조적이었다.

마음속에선 왜 이런 놈을 두려워했을까 하는 허탈감만이 밀려오며 싸울 기분마저도 사라져 갔다.

"후우, 꺼져라."

이런 별 볼 일 없는 쓰레기 같은 녀석에게 겁을 먹었다니. 내 입에선 이런 녀석에게 당했던 과거의 나에 대한 실망과 전학 온 친구에게 시비나 거는 별 볼 일 없는 쓰레기에게 겁을 먹었던 지난 나날들에 대한 허망함에 절로 한숨이 흘러나왔다.

"개새끼야. 뭐? 꺼져? 이 씨발놈이!"

퍽!

예고 없이 날아온 녀석의 주먹이 내 얼굴을 강타했고 자리에 앉아 있던 난 그 충격에 그대로 의자에서 굴러떨어졌다.

"꺄!"

주변에 있던 여자아이가 놀랐는지 비명을 지르는 소리가 들려왔다.

"일어나, 씹새야."

쓰러진 날 보며 의기양양하게 서 있는 강민기를 노려보며 맞은 입술을 만지자 피가 났는지 손에 피가 묻어 나왔다.

"미쳤냐?"

낮게 깔린 목소리. 내가 낸 것이 맞나 싶었다.

"미쳤냐고? 촌놈 새끼가 아직 덜 맞았네. 덜 맞았어. 오늘 한 번 뒤지게 처맞아 봐야 정신 차리시겠네."

"다들 비켜라. 주변에 있다 처맞지 말고!"

강민기의 외침에 패거리로 보이는 녀석들이 반 친구들을 쫓아 냈다.

그렇게 녀석과 내 주위는 어느새 텅 비어 있었고, 아이들은 그런 우릴 멀리서 긴장된 모습으로 바라보고 있었다.

웃으며 다가오는 녀석. 당연히 자신이 이길 거란 생각을 한 것일까?

"씨발놈아, 뭘 그리 쳐봐!"

"말하는 꼬라지가 웃겨서 보고 있었지. 강민기라고 했냐? 넌 오늘 사람 잘못 건드렸어."

"와, 이 개새끼가."

내 도발에 달려들려는 녀석을 보며, 그보다 빨리 자리를 박차며 녀석을 밀쳤다.

가만히 있던 내가 순간적으로 밀치자, 당황한 놈은 뒤로 밀려나며 거의 쓰러질 듯 몸을 가누지 못하고 있었다.

콰악.

휘청거리는 녀석의 멱살을 왼손으로 틀어잡고 벽으로 강하게 밀어붙이며 쉴 새 없이 오른 주먹을 날렸다.

격렬해지는 싸움으로 인해 주변의 책상과 의자들이 쓰러져 갔다.

강민기는 내게 벗어나려 애를 쓰며 주먹을 날려보려 했지만 그때마다 난 멱살을 잡은 왼손에 더욱 힘을 주었다.

결국 내 힘을 이기지 못한 채 중심이 무너진 녀석을 교실 벽으로 몰아붙였다.

콰앙!

강민기의 등과 벽이 부딪히는 충격에 큰 소리가 들렸지만, 그 와중에도 내 주먹은 쉬지 않고 그의 얼굴로 날아갔다.

내게 일방적으로 맞았던 강민기의 얼굴은 이미 정상이 아니었다.

하지만 녀석은 벽에 몰려 거의 몸이 반쯤 꺾인 채, 자신에게 날아오는 주먹에 쉴 새 없이 맞으면서도 저항을 포기하지 않았다.

독종은 독종인 것 같았다. 하긴 독해야 같은 인간을 아무렇지 않게 괴롭힐 수 있었겠지.

그러나 그런 저항도 오래 가지 못했다.

어느새 주먹에 맞지 않으려고 비굴하게 공격하는 것조차 포기한 채, 두 팔로 어떻게든 자신의 얼굴을 감싸려는 강민기의 행동에, 난 씁쓸함을 느끼며 휘두르려 했던 주먹을 멈춰야만 했다.

멈춘 주먹은 꽉 쥔 힘에 의해 부르르 떨려왔다. 과거 녀석에게 당한 울분이 터진 것인지 과하다 싶을 정도의 분노를 녀석에게 퍼부었던 것 같다.

눈물과 콧물범벅이 되어 주먹을 멈춘 것도 깨닫지 못하고, 팔을 휘젓고 있는 녀석을 보니 그동안 마음에 안고 있던 커다란 짐 하나가 떨어져 나가는 느낌이었다.

그렇지만 통쾌하리라 예상했던 것과는 달리, 그를 이긴 것은 그리 통쾌하지도 기쁘지도 않았다.

오히려 어긋났었던 내 인생의 한 부분을 드디어 바꾸었다는 기쁨이 밀려와 온몸에 전율이 흘렀다.

그래, 최승민. 잘했어. 처음 과거로 돌아왔을 때부터, 생각해

왔던 일을 드디어 이룬 거야.

녀석의 멱살을 잡은 손에 힘을 풀었다.

그제야 강민기 패거리들이 다가오기 시작했고, 그 모습에 긴장된 마음으로 그들이 오는 것을 지켜보고 있었다.

혼자인 내겐 놈들이 떼거지로 덤비는 것을 감당할 자신이 없었으니까.

이윽고, 내게 다가온 패거리 중 178은 되어 보이는 키에 덩치가 조금 있는 넙치같이 생긴 놈이 내 어깨에 손을 얹으며 말했다.

"그만해. 그 정도면 됐잖아."

내 어깨에 올린 떨리는 놈의 손을 통해 지금 녀석이 오히려 나보다 더 떨고 있다는 것이 느껴졌다. 녀석의 말투 역시 내 감이 옳다고 알려왔다.

놈이 떨고 있다 해도, 한 번의 실수로 모든 것이 수포로 돌아갈 수 있는 상황.

침착하게 날 지켜보고 있는 놈들의 눈을 피하지 않고 바라보며 강하게 말했다.

"죽기 싫으면 손 치워라."

올려져 있던 넙치의 손이 어깨에서 사라졌다.

"다 끝나고 나서 센 척하지 말고, 저 새끼나 챙겨."

거친 말투에 녀석들과 기세 싸움이 잠시 벌어졌지만, 결국 넙치 녀석이 강민기에게 향하자, 놈들은 내 곁을 지나쳐 넙치를 따라갔고 사건은 그렇게 일단락이 났다.

그런 그들의 행동에 안도감이 몰려왔다.

만약 강민기와의 싸움에서 조금이라도 약한 모습을 보였다면, 아마도 다른 양상이 됐을 가능성이 높았겠지.

일방적으로 리더 격인 녀석이 당한 터라, 나머지 놈들이 나서기엔 부담이 되었을 것이다.

어쨌든 물러나는 놈들을 보며 천천히 자리로 돌아가 쓰러진 책상을 일으켜 세운 뒤 자리에 앉았다.

그렇게 싸움은 끝이 났지만, 여전히 교실엔 적막감만이 감돌았다.

정동고 첫날의 현성이 이런 기분이었을까? 모두가 나만을 쳐다보는 것만 같은 느낌이었다.

혹시나 다른 일을 하지 않을까 강민기를 보았지만, 놈들은 책상에 고개를 숙이고 있는 강민기의 주변에 말없이 서 있을 뿐. 딱히 문제가 될 일은 벌이려고 하는 것 같아 보이진 않았다.

그렇게 계속 무거운 분위기가 감도는 가운데 내 옆자리의 여자아이가 쭈뼛쭈뼛 내 눈치를 살피며 조심스럽게 자신의 자리에 앉았고, 그것이 신호이기라도 한 것처럼 반 아이들도 하나둘 각자의 자리에 앉기 시작했다.

딩동댕동.

전학생으로 인해 엉망이 된 교실에 신명고의 2학년 1학기 첫 수업 시작종이 울려 퍼졌고, 잠시 후 1교시 과목 선생님이신 수학 선생님께서 교실 문을 열고 들어오셨다.

"하이~ 에브리 원!"

밝은 목소리로 들어오신 선생님은 감자를 닮았다고 해야 할까.

작은 키에 큰 얼굴, 머리는 2 대 8로 가르마를 타신 그분은 밝게 우리에게 인사를 하셨지만, 몇몇을 제외하곤 아무런 대꾸를 하지 않았다.

"후아, 뭐 1학년 때 다들 봤겠지만 내 이름은 심한섭이고 담당은 수~ 학! 다들 잘 알지?"

활기찬 선생님과 달리 2학년 7반의 분위기는 초상집을 연상케 하고 있었다.

"분위기가 왜이래? 수업 첫날이라 다들 힘이 안 나나?"

침울한 반 분위기에 선생님께선 당황한 기색이 역력했다.

"음, 다 금방 지나가는 거야. 좀만 있으면 여름방학이고 그러다 보면 졸업이야. 이 황금 같은 시기를 이렇게 축 처져 있으면 안 돼요. 지금 힘들다고 이리 보내면 다 나중에 후회 한다~ 이 놈의 새끼들 아침부터."

그렇게 착각을 하신 수학 선생님께선 반 분위기를 띄우기 위해 고군분투 중이셨다.

"자아, 출석 부르기 전에 기지개 한번 해보자. 자, 쭉쭉 한번 펴봐."

시범까지 보이시는 선생님을 따라 반 모두 어쩔 수 없이 기지개를 펴야 했다.

"이 반에 전학생까지 있다며. 그러면 니들이 인마. 활기차게 생활을 하는 모습을 보여야, 걔가 금방 적응할 거 아냐. 어이 전학생! 손 들어봐."

2 대 8 가르마를 매만지며 주위를 훑어보시는 선생님께 손을 들어 전학생임을 알렸다.

"오, 그래. 보자보자, 최승민이?"

"예."

"니 어떻게 생각하냐? 어? 이 말도 안 되는 학업 분위기 보여? 너 전학 괜히 왔단 생각 들지?"

"아… 뭐……."

반 분위기를 이렇게 만든 원흉에게 물어봐야 뭐라 말을 해드려야 할지.

상황을 알지 못한 채 천진난만하게 물으시는 선생님의 태도에, 결국 참지 못한 몇몇 아이가 웃음을 터뜨렸다.

그러자 뒤에서 헛기침 소리가 들려왔고 이내 교실은 다시 조용해졌다.

아마도 강민기 패거리들 짓이겠지.

"아우, 머리 아프다. 그냥 수업이나 하자. 자, 출석 좀 불러보자."

그렇게 선생님께선 출석을 부르기 시작했고 강민기의 차례가 다가왔다.

"강민기."

그러나 강민기는 아무런 대답을 하지 않았다.

"강민기. 강민기? 안 왔어? 빈자리는 없는데, 저 누워 있는 놈이 강민기야?"

반을 살펴보시던 선생님께서 고개를 숙이고 있는 강민기를 가리키며, 학생들에게 질문했다.

"예."

"뭐야? 어디 아파?"

선생님께선 미동조차 하지 않는 강민기에게 다가갔다.

"인마, 아파? 강민기. 대답 좀 해라. 많이 아프면 양호실에 가야지. 하 참"

강민기를 일으켜 세우신 선생님께선 그의 얼굴을 보며 말씀하셨다.

"이놈 봐라! 와, 퉁퉁 부었네! 벌에 쏘였어? 얼굴이 왜 이래?"

계속해서 강민기의 얼굴을 만지며, 엉뚱한 소리를 하시는 선생님의 행동을 참지 못한 강민기는 결국 싸웠다는 말을 하고 말았다.

"싸웠어? 누구랑? 인마랑 누구랑 싸웠어. 이 반 학생이면 일로 나와 봐라."

그 질문에 자리에서 일어나 선생님께 향했다.

"음? 너 오늘 전학 왔다고 하지 않았어?"

"예."

"뭐야? 둘 다 나와 봐라."

선생님을 따라 나와 강민기는 교실을 나섰고, 우리에게 싸운 이유를 대충 들으신 선생님께선 1교시가 끝나고 교무실로 따라오란 말씀을 하셨다.

그렇게 수업이 끝나고 우린 선생님을 따라 교무실로 가게 되었다.

"김호경 선생님, 잠깐 이야기 좀 하시죠."

"예, 무슨 일이라도 있습니까?"

궁금한 얼굴로 다가오시던 김호경 선생님께선 강민기의 얼굴을 보더니 심각한 표정으로 심한섭 선생님께 물으셨다.

"설마? 둘이 싸웠습니까?"

"아, 예. 저도 직접 본 건 아니고, 이야기를 들어보니까, 민기 이놈이 먼저 시비를 걸었다고 하더라구요. 선생님이 7반 담임이시니까 해결해 주셔야 할 듯합니다."

"하아, 알겠습니다. 민기랑 승민이 따라와."

선생님께선 교무실 내에 있는 학생 상담실로 우릴 인도했다.

"그래, 민기가 먼저 시비를 걸었다?"

선생님의 질문에 난 싸움이 벌어진 사정을 말씀드렸고, 조용히 말을 들으시던 선생님께선 민기에게 내 말이 맞는지 확인을 하셨다.

"후우, 강민기 너 이놈 1학년 때 하는 거 보고, 이런 일 일어날 줄 알았다. 적당히 좀 하지. 쯧쯧."

"……."

선생님의 나무라는 투의 말에 그는 고개를 숙인 채 아무 말도 하지 않았다.

"그렇다고 승민이 니가 잘했다는 건 아니야. 어? 아무리 친구가 시비를 걸어도 참고 넘길 줄도 알아야지."

"죄송합니다."

"하, 뭐 이야기를 들어보니까 그리 심각했던 것도 아니니까, 이번은 그냥 조용히 넘어가는 거야. 이놈들아 학기 초부터 이게 뭐냐. 승민이 너도 전학 오기 전에 잘했다기에 믿고 있었더니. 잘해, 이놈아."

사실 심각해질 일이었다고 말하고 싶었다.

내 인생이 망가졌었다고, 그렇기에 각오를 하고 벌였던 일이라고.

하지만 일은 생각보다 좋게 해결됐고, 이 정도로 끝을 맺게 된 것은 내겐 만족스러운 결과였다.

"죄송합니다."

"……."

"후, 둘 다 올라가 봐."

우리에게 가라는 손짓을 하는 선생님의 이마엔 주름이 깊게 잡혀 있었다.

다행히 전학이란 특수한 상황과, 평소 행실이 좋지 않았던 강민기로 인해 벌어진 일이라 내겐 피해가 오진 않았지만, 담임을 맡고 하루 만에 일이 터졌으니, 선생님의 마음은 편치 않으실 게 분명했다.

그렇게 일이 마무리 지어진 후, 교무실을 나와 교실로 돌아가는 동안 강민기와 나 사이엔 아무런 대화도 오가지 않았다.

그리고 시간은 빠르게만 흘러 벌써 4교시가 끝나가는 시점이었지만 강민기와의 싸움의 영향 탓인지 내게 다가오려는 친구들은 없었기에 나 역시 조용히 고개를 숙인 채 시간이 가기를 바랄 뿐이었다.

결국 4교시의 종이 울렸고 점심시간이 시작되었다.

정동고완 달리 이곳은 급식을 하였기에 따로 급식실로 가야 했다.

알고 있는 일이지만 혹시나 알려주는 친구가 있을까 기대하며 아무것도 모르는 척, 자리에 앉아 있자 옆자리의 여자아이가 조심스레 내게 말을 건넸다.

"저……."

"응?"

"밥은 급식실에 가서 먹어야 돼. 모르면 알려줄까?"

어색한 미소를 지으며 나를 보고 있는 친절한 소녀의 명찰을 확인하자 김예슬이란 이름이 보였다.

"아, 그래? 그럼 나야 고맙지."

"그래, 그럼 같이 가줄게."

그녀를 따라 일어나려고 한 순간이었다.

"저… 승민아."

고개를 돌려 보니, 강민기 녀석이 과거엔 한 번도 본 적 없는 비굴함이 가득한 표정을 지은 채 온몸을 벌벌 떨며 나를 보고 있었다.

마치, 과거 내가 그에게 말을 건 후 행동했던 것처럼…….

"뭐냐?"

"그게… 선배들이 너 좀 보자고 옥상으로 오라고 해서."

그 말을 하는 녀석의 표정엔 한순간 비열한 미소가 감돈 것 같은 기분이 들었다.

선배들이 나를? 이 시간에 대체 왜?

"야, 강민기. 똑바로 얘기해. 선배들이 갑자기 날 왜 보자는 건데?"

"잘 모르겠어. 갑자기 그냥 불러오란 말만 했어."

그럴 리가. 네놈이 말하지 않았다면 날 부를 리가 없지.

"강민기. 갔다 와서 보자. 근데 어디야? 옥상이?"

"어, 내가 알려줄게."

"기다려."

옆에서 날 기다리며 대화를 듣고 있던 예슬에게 말했다.

"미안하게 됐다. 니가 도와주려고 한 건데. 내가 일이 생겨서 같이 못 가겠다. 미안해."

"아니야, 괜찮아. 그럼 난 가볼게."

"어. 고마웠어."

강민기. 참 고맙다. 이렇게 초를 쳐주시니.

난 예슬이 나가는 모습을 바라보며 강민기에게 말했다.

"가자."

내 말에 그는 옥상으로 날 안내하기 시작했다.

4층으로 가는 계단을 오르는 그 짧은 시간 동안, 머릿속에 떠오르는 불안한 생각들로 머리가 아파오는 것을 느꼈다.

이런 일이 일어날 거라곤 전혀 생각지 못했는데.

강민기 저놈만 해결하면 끝인 줄 알았는데, 이렇게 어처구니없게 상황은 다시 원점으로 돌아온 건가.

젠장! 빌어먹을 세상아 이럴 거면 왜 날 되돌려 보낸 거야!

눈앞에 펼쳐진 이 어이없는 상황에 그저 쓴웃음만이 입가에 맴돌았다.

고작 하나가 바뀌었을 뿐인데, 전혀 알 수 없는 방향으로 흘러가고 있다니.

대체 어떻게 해야 할지 감이 잡히지 않았다.

"승민아, 여기야."

녀석의 말에 정신을 차리고 보니, 어느새 군데군데 페인트가 벗겨진 낡은 철문 앞에 서 있었다.

옆에서 자신은 아무것도 모른다는 표정으로 내게 말을 하는 강민기의 모습이 마치 뱀을 보는 것 같았다.

저런 부류의 인간을 잘 알고 있다.

살살 눈치를 살피다 조금이라도 틈을 보이면, 사정없이 독니를 드러내 오는 족속들.

가만히 자신을 보고만 있는 내가 부담이 되었는지, 녀석은 어쩔 줄 몰라 하며 눈을 이리저리 굴리고 있었다.

"그, 그럼 난 이만 가볼게."

떨리는 녀석의 목소리. 하나, 지금 누구보다 기뻐하고 있겠지.

"강민기."

"어?"

내려가려는 녀석에게 나지막이 말했다.

"이게 니놈이 한 짓이란 걸 모를 거라 생각하지 마. 이 안에서 어떤 결과가 나오더라도 다시 날 건드리면 그땐, 정말 지옥이 뭔지 제대로 보여줄 테니까."

내 말에 녀석은 사색이 된 채 고개를 끄덕이며 자리를 떠나갔다.

정신 차려라, 최승민. 별거 아냐. 선배란 놈들이 하라는 공부는 안 하고 전학 온 후배나 괴롭혀?

그래, 얼마든지 패. 대신 나도 니들처럼 매너플레이란 걸 한번 해주마.

소년원, 감방, 퇴학 골라봐라. 내가 니놈들에게 주는 선물이니까.

떨리는 마음을 추스르며 각오를 다진 난 천천히 철문을 열었다.
끼이이익.
녹슨 문의 연결 고리와 철문이 내는 기분 나쁜 마찰음이 조용한 옥상에 울려 퍼졌다.
한 걸음 한 걸음 발을 내디뎌 안으로 들어갔다.
안에는 10여 명쯤 되어 보이는 선배 녀석들이 한쪽 구석에 모여 담배를 피고 있었고, 그들 중 쭈그려 앉아 담배를 피우던 뺀질거리게 생긴 녀석이 날 보며 말했다.
"허얼, 왔나 보네."
녀석의 말과 함께 선배들은 일제히 나를 향해 고개를 돌렸다.
"저 새끼야?"
"그렇겠지. 안 그럼 뒤지고 싶은 놈이 아니면 2학년 새끼가 여길 왜 와?"
그들은 여유롭게 대화를 나누며 다가오기 시작했다. 그 모습을 보자, 평상심을 유지하려는 마음과는 달리, 손에 땀이 차며 긴장을 하는 몸이 느껴졌다.
천천히 걸어오는 놈들 중, 떡 벌어진 어깨에 온몸이 근육인 것 같아 보이는 험상궂게 생긴 녀석이 기선을 제압하려는 듯 내 어깨를 밀치며 물었다.
"야, 니가 강민기 조져 놨냐. 어?"
녀석이 미는 힘에 뒤로 물러나면서도 아무런 대꾸를 하지 않았다. 그 모습에 녀석은 때릴 것처럼 주먹을 위로 올리며 소리쳤다.
"니가 했냐고 새꺄!"

녀석의 물음에 고개만을 살짝 끄덕이자, 그것을 본 놈은 화를 참지 못했는지 머리를 뒤로 돌리며 한숨을 쉬며 말했다.

"와, 씨발. 넌 새끼야 선배가 묻는데 고개만 까닥거리냐?"

그리곤 어이가 없단 표정으로 놈이 주위를 둘러보았고, 그걸 옆에서 보고 있던 뺀질거리게 생긴 녀석이 오히려 덩치 녀석보다 흥분하며 외쳤다.

"그러게. 경민아, 저 씨발놈 좀 봐. 야, 이 새꺄 니네 학교에선 선배한테 그따위로 하라고 가르쳤냐? 어! 어? 말 먹는 거 보소. 좆같네."

내가 하고 싶은 말이다, 이 개새끼들아. 선배란 새끼들이 전학 온 후배 한 명 데려다 놓고 하는 꼴이, 씨발. 이게 선배냐, 좆같은 새끼들아.

"야, 전학을 왔으면 조용히 학교생활이나 할 것이지. 뭘 그렇게 설쳐, 새꺄."

덩치는 말을 마치곤 검지손가락으로 내 머리를 툭툭 밀며, 그따위로 쳐다보면 어쩔 거냔 표정으로 날 바라보았다.

후, 어린 새끼가 모여서 힘없는 후배를 괴롭히니 세상을 다 가진 것 같겠지. 하지만 내일은 오늘 한 일에 대해 내게 빌게 될 거다.

"하, 깡다구가 있는 건지. 사태 파악을 못 하는 건지. 너 같은 새낀 처음 본다."

경민이라 불렸던 녀석이 이번엔 강하게 밀었고, 결국 중심을 잡지 못해 뒤로 자빠지려는 순간 뒤에서 누군가 나를 쳤다. 그 충격에 다시 경민이 서 있는 곳으로 오게 되었다.

"매가리도 조또 없네. 야, 이거 강민기 그 새끼부터 교육을 시켜야겠네. 어디 족보도 없는 촌 동네에서 온 새끼한테 아가리를 털려."

이게 어떻게 된 상황인지 알 수 없어 주위를 둘러보니, 선배들은 어느새 내 주위를 둘러싸고 있었다.

"최승민? 야, 졸라 후회되지? 씨발, 이게 무슨 일인지. 그러니까 씨발, 전학생이면 전학생답게 찌그러져 있지. 뭘 나대, 새꺄."

그리고 뒤에서 한 녀석이 내 어깨를 틀어잡았다.

드디어 시작인가. 어금니를 꽉 문채 다가올 충격을 기다리고 있던 그때였다.

차분하지만 무게가 느껴지는 중저음의 목소리가 옥상에 울려 퍼진 것은.

"그만해. 아는 동생이야."

"뭐?"

경민이란 놈의 어이없어하는 목소리가 들려왔다.

"야, 그게 무슨 소리야."

"오랜만에 봐서 몰라봤어. 이름 들었을 때 설마 했다."

"진짜로 아는 놈이야?"

"어."

뭐? 날 안다고? 누가?

목소리의 주인공을 찾기 위해 주위를 살폈지만, 다른 선배들에게 둘러싸여 있는 상황이었기에 그를 찾을 수 없었다.

그가 내게로 오는 것인지, 내 몸을 붙잡고 있던 녀석이 나를 놓았고, 둘러싸고 있던 선배들도 물러나고 있었다.

"승민아, 형 모르겠냐? 전학을 왔으면 형한테 인사를 하러 와야지. 자식아."

친근하게 다가와 내 어깨에 자신의 팔을 두르는 그의 얼굴을 보자, 몸에 소름이 돋는 것을 느꼈다.

다름이 아니라, 그는 내게 등을 밀어 달라고 부탁을 하던 잘생긴 청년이기 때문이었다.

목욕탕에서 한번 마주쳤을 뿐인 그가 왜 친한 사이인 것처럼 내게 다가온 것일까?

전혀 예상치 못한 인물의 등장에 당황하고 있는 내게 목욕탕 청년이 속삭였다.

"학생, 긴장하지 마. 도와주려는 거니까."

학생이라 부른 그의 말에서, 그가 그날 등을 밀어준 일을 잊지 않고 도와주려 한다는 것을 알게 되었다.

"승민아, 이게 얼마만이냐. 둘째 고모부께선 잘 계시지?"

"예, 아버지께선 잘 지내세요."

"신명고로 전학 올 거였음 말이라도 하지. 여전하다. 니네 집은."

"뭐, 그렇죠."

배우 지망생이 아닐까 하는 의문이 들 정도로, 청년은 능청스럽게 대화를 풀어 나가고 있었다.

"아씨, 야, 이경혁. 양아치 새끼야. 지 사촌 동생도 못 알아보고, 우리만 니 동생한테 개새끼로 만드냐?"

등치 좋던 경민 선배가 미안한 표정으로 나를 보더니, 민망한지 경혁—목욕탕 청년—선배에게 외쳤다.

"미안. 미안하게 됐다. 나도 거의 5년 만에 이놈을 보는 거라. 긴가민가했어."

"후, 됐다."

경민 선배는 내가 경혁 선배의 친척이란 말에 넘어가려는 분위기였고, 다른 선배들 역시 김이 샜다는 표정으로 나와 경혁 선배를 보고 있었다.

"아씨, 오랜만에 재미 좀 보나 했더니 경혁이 이 새끼가 초를 치네."

"그러게 말이다. 어쩐지 깡다구 좋다 싶더니 저 새끼 친척이냐."

이렇게 생각지도 못한 목욕탕 청년의 등장으로 위기를 모면하는 하는 듯했던 내게, 말없이 이 상황을 지켜보기만 하던 안경을 쓴 키가 훤칠한 선배가 말을 걸어왔다.

"야, 최승민."

"예."

"새끼, 이젠 대답 잘하네. 이놈아, 니가 경혁이 동생이라니까 이렇게 넘어가는데 그래도 인마. 전학 첫날부터 2학년 실세한테 시비 턴 건 예의가 아니지 않냐?"

이건 또 무슨 소리지? 시비를 걸어? 내가 강민기한테?

"시비를 걸다니요?"

의아해하는 날 한참을 쳐다보던 선배는 이상하단 생각이 들었는지 고개를 갸웃거리며 물었다.

"뭐야, 설마 니가 먼저 시비 건 게 아니란 말이야?"

그렇게 된 건가. 강민기, 어린 녀석이 정말 못된 것만 배웠구나.

안경 선배의 말에 선배들의 눈빛이 날카롭게 변했고, 모두들 내 입이 열리기만을 기다리고 있었다.

"예, 민기 녀석이 다가와선 먼저 시비를 걸더니, 갑자기 주먹으로 치기에 어쩔 수 없이 싸우게 됐습니다."

집중을 하며 이야기를 듣던 선배들 사이에서 욕설이 오가기 시작했고, 결국 화를 참지 못한 몇몇 선배는 주변의 물건을 발로 차기도 했다.

"하, 재밌네. 경혁이 동생인 니가 거짓말을 할 리는 없고, 니가 안 했으면 강민기가 했단 소린데. 많이 컸네, 우리 민기가. 승민아, 너 내려가서 강민기 이 새끼 지금 당장 튀어오라 그래."

"예?"

"뭘 그리 놀래. 내려가서 불러와."

가라앉은 안경 선배의 눈이 얼음처럼 차가워 보였다.

그의 눈빛을 보니 강민기 녀석이 큰일을 당할 것 같은 느낌이 들었다.

그렇게 불똥은 어느새 불을 지핀 당사자에게로 옮겨 붙고 있었다.

옥상 문을 열고 빠르게 계단을 내려가 급식실로 향할까 생각하다, 혹시나 하는 마음으로 2학년 7반 교실로 향했다.

다행히 교실에 도착을 하니 내가 깨지고 있을 거란 생각에 신이 났는지, 싸움이 끝난 지 얼마 지나지 않아, 퉁퉁 부은 얼굴의 강민기와 그 패거리들이 웃고 떠드는 모습이 눈에 들어왔다.

"강민기."

고개를 돌려 나를 본 강민기와 그 패거리들의 얼굴에선 미소가 사라져 갔다.

"최승민?"

궁금할 거다. '왜 저 녀석이 멀쩡하지?'라는 생각뿐이겠지.

잘 모르긴 몰라도 넋이 나간 녀석들의 표정을 보니, 놈들이 많이 놀란 것은 확실해 보였다.

"선배들이 너 좀 보잔다."

"나를 왜?"

"글쎄, 자세한 건 가보면 알게 되지 않겠냐?"

어떻게 해야 할지 몰라 머뭇거리는 녀석에게 쐐기의 말을 날렸다.

"당장 튀어 올라오라던데. 그러고 있어도 되겠냐?"

퉁퉁 부은 상태인지라 표정은 알 수 없었지만, 사시나무처럼 떨리는 녀석의 몸이 지금 녀석이 겪고 있을 두려움을 대변하고 있었다.

"뭐 하냐. 나 먼저 올라간다. 선배들이 물으면 전했다고 할 거니까. 알아서 해라."

내 말이 끝나기가 무섭게 녀석은 교실 문을 박차고 달려 나갔다. 어째 필사적인 녀석을 보니 오히려 내가 악당이 된 것만 같다.

멍청한 놈. 그러게 감당 못 할 일은 벌이는 게 아니다.

애송아, 아니, 녀석은 최선의 선택을 한 건가? 전학생인 내 말보단 후배인 녀석의 말을 믿었을 테니.

그저 이번엔 내가 운이 좋았던 것이겠지.

그래도 꽤 살아봤다고 생각했는데, 인생이란 놈은 겪으면 겪을수록 점점 더 알 수가 없으니…….

뒤늦게 옥상에 들어서자, 선배들의 시선은 나에게 잠시 머물곤 다시 강민기에게로 향했다.

"강민기. 똑바로 이야기 안 하냐?"

"……."

"씨발놈아, 눈깔 돌리지 말고 내 눈 봐. 어? 보라고 새꺄."

내게 했던 것처럼 경민 선배는 그 큰 덩치로 강민기 녀석을 위협하고 있었다.

"그게……."

강민기의 태도가 마음에 들지 않았던 것인지, 옆에서 조용히 보고만 있던 안경 선배가 감정이 느껴지지 않는 목소리로 나지막이 강민기에게 물었다.

"야, 말 안 하냐? 승민이가 먼저 너 쳤다며. 왜 말을 못해. 아니야?"

"……."

"딱 셋만 센다. 하나, 둘."

"죄, 죄송합니다."

강민기의 변명에 안경 선배는 놈에게 다가가며 말했다.

"뭐가?"

"그게… 제가……."

"니가 뭐?"

"죄송합니다."

죄송하단 말을 들은 안경 선배는 싸늘한 미소를 지은 채, 강민기를 노려보았고 이내 선배의 손이 올라갔다.

짝!

선배의 손이 움직임과 동시에, 강민기가 얼굴을 감싼 채 옥상의 시멘트 바닥으로 쓰러졌다.

"그게 선배들 다 병신 만들고 나올 소리야? 강민기. 우리가 그렇게 우스웠냐?"

녀석은 쓰러진 채 울먹이는 목소리로 선배의 말에 대답했다.

"아… 아닙니다!"

"후, 길게 말 안 해. 어? 아까 전학 온 새끼가 너 재낄라고 맘먹고 시비 털었다며! 우리 찾아온 새끼들 수업 끝나고 다 옥상으로 집합시켜."

"……."

"대답 안 하냐?"

"예."

상황을 지켜보는 사이 어느새 내게 어깨동무를 한 경혁 선배가 말했다.

"승민인 이만 내려가 봐."

깜짝 놀라 그를 바라보자 선배는 윙크를 날리며 나만 들을 수 있을 정도의 작은 목소리로 속삭였다.

"운이 좋았다고 생각해. 등까지 밀어줬는데, 그렇게 매정하게 대할 순 없었을 뿐이니까."

"예, 선배."

"선배는 친척끼리, 형이라 그래."

농담을 하며 말을 마친 그는 내 어깨를 토닥거리며 내려가란 손짓을 보냈고, 그런 선배를 보며 정말 알 수 없는 사람이란 생각이 들었다.

고작 한 번 등을 밀어준 사람을 이렇게까지 도와주다니.

나였어도 그처럼 했을까? 잘 모르겠다.

"그래, 승민이 욕 봤다."

"그려. 엄한 놈 잡을 뻔했네. 가서 뭐 좀 먹고 쉬어."

위로의 말을 하는 선배들에게 고개를 숙여 인사를 한 후, 옥상을 내려와 교실로 돌아왔지만, 대부분 아직 점심 식사를 마치지 못한 것인지 몇몇의 아이들만 자리를 지키고 있었다.

그리고 그들은 나를 보곤 잠시 하던 이야기를 멈췄지만, 내가 자리에 앉자 다시 대화를 나누기 시작했다.

오직 강민기 패거리만이 뒤늦게 갔던 나만 먼저 온 것이 불안한지, 힐끔힐끔 날 쳐다볼 뿐이었다.

그들의 시선을 무시한 채 의자에 몸을 기대자, 긴장으로 흠뻑 젖은 옷의 축축함이 등을 통해 그대로 전해졌다. 그제야 최악의 상황까지 생각하며 갔던 일이 다행히 잘 풀린 것이 조금 실감이 났다.

하긴 20분도 안 된 짧은 시간이 영겁과 같이 길게 느껴졌었으니, 이렇게 땀을 흘리지 않는 것이 오히려 이상한 일이겠지.

우습게도 간사한 몸은 긴장이 풀리자, 허기짐을 호소해 왔고 밀려오는 공복에 급식실로 향하려고 했지만, 지금 가봐야 남은 반찬도 없을 것 같았기에 어쩔 수 없이 교실에 남아 있어야 했다.

잠시 후 허기와 싸우던 내게 문을 열고 들어오는 강민기의 모습이 보였다.

그는 나와의 시선을 피한 채 자신의 자리로 향했고, 그를 본 패거리들이 강민기에게로 모여들었다.

이내 녀석과 대화를 나누던 놈들의 표정이 굳어져 갔다.

아마 옥상으로 올라오란 소리였겠지. 옷깃만 스쳐도 인연이라더니.

저들이 겪을 일들이 사실은 내가 당해야 했을 일이었단 생각에, 더욱 그와의 짧은 인연이 기적이란 생각이 들었다.

그리고 문득 그날, 목욕탕에서 매정히 떠나가던 경혁 선배에게 욕이란 욕은 다 했던 것이 생각나 나오는 웃음을 참느라 애써야 했다.

꼬르륵.

많은 일이 벌어졌던 점심시간이 끝이 나고, 어느새 5교시 영어 수업 시간.

주변의 친구들은 열심히 수업을 들으며 필기를 하고 있었지만, 그런 그들과 달리 무능한 주인을 탓하는 장기님의 외침 덕분에 전혀 수업에 집중을 할 수 없었다.

그냥 방과 후에 부를 것이지. 왜 점심시간에 불러서 사람을 이리 고생을 시키는지 젠장.

아무래도 수업이 끝나면 물배라도 채워야 할 것 같다.

딩동댕동.

"벌써 끝났어? 뭐 이리 짧아. 쉬는 시간에 할 것도 없잖아. 빨리 끝내줘 봐야 놀기밖에 더 하나? 그지?"

점심을 먹은 후라, 지옥 같은 5교시 수업을 더 하자는 선생님의 말씀에 수업을 반대하는 우리 반 학생들의 탄성 소리가 들려왔다.

"아~ 그만해요~"

"그만~"

그래, 할 수 있어! 수업을 멈추라고.

쾅.

선생님께선 반이 시끄러워지자 칠판을 손으로 한 번 내려치셨고, 나의 바람과는 달리 교실은 쥐 죽은 듯 조용해졌다.

"첫날인 거 알아. 나도 알아. 다른 선생님들이 다 일찍 끝내주셨잖아? 여기만 하고 끝낼 테니까 조용히 해."

그렇게 시작된 수업은, 여기만!! 여기만하면 끝내겠다던 선생님의 말씀과는 달리 끝을 모른 채 계속되었다. 결국 '수업 종 쳤잖습니까! 나이도 비슷해 보이는 양반이 왜 이리 융통성이 없어!'라고 과거로 돌아왔단 사실도 망각한 채, 소리치려는 이성을 잃은 중년의 아저씨를 말리기 위해 고군분투해야만 했다.

다행히도 잠시 후, 진도를 모두 나가신 선생님께서 분필을 내려놓으시며, 마지못해 끝낸다는 투로 말씀하셨다.

"하, 그리 싫으냐? 참 니들 눈빛 때문에 더는 못하겠다. 여기까지만 하자."

우리 모두를 당혹감에 빠뜨린 채, 교실을 나서시는 선생님을 원망 가득한 눈으로 바라보다, 밀려오는 공복감을 달래기 위해 서둘러 의자에서 몸을 일으켰다.

딩동댕동.

믿고 싶지 않은 쉬는 시간이 끝났음을 알리는 종소리에 조용히 의자에 몸을 맡긴 채 고개를 숙였다.

"최승민."

귓가를 맴도는 종소리에 절망감에 휩싸여 책상에 고개를 파묻고 있던 난, 이름을 부르는 소리에 고개를 들었다.

"괜찮아?"

나를 보며 뭐가 웃긴지 미소를 짓고 있는 옆자리의 예슬이었다.

"어? 혹시 불렀어?"

그녀는 살며시 고개를 끄덕였다.

강민기가 아닌 다른 누군가가 말을 걸어온 것은 기뻤지만, 허기진 내겐 그저 어서 빨리 할 말을 해줬으면 하는 마음뿐이었다.

"이거, 급식으로 나온 건데. 괜찮으면 먹으라고."

"음?"

그녀가 내민 손엔 먹음직스럽게 보이는 새빨간 사과가 들려 있었다.

"너 먹으려고 가져온 거 아냐?"

꼬르륵.

"……."

타이밍 좋게 들려오는 소리에 민망해하는 내게 그녀는 사과를 쥐어주었다.

"야, 먹어. 원래 너 주려고 가지고 온 거야. 밥 못 먹었을 것 같아서."

"진짜? 나 주려고 가져왔다고?"

그녀에게 말하는 와중에도 눈앞의 사과를 보며, 입안 가득 군

침이 고이고 있었다.

고개를 끄덕이며 먹으라는 제스처를 하는 예슬이, 왠지 평범하다고 생각했던 첫인상과 달리 예뻐 보인다.

"어, 아깐 친하지도 않은데, 주는 게 조금 민망해서 그냥 있었는데. 아까부터 배에서 꼬르륵꼬르륵 난리도 아니다, 야."

"그랬어? 아무튼 진짜 고맙다. 내가 이 은혜 절대 잊지 않을게."

"야, 오버하지 마. 무슨 사과 하나로. 선생님 오시기 전에 얼른 먹기나 하셔."

그녀의 말에 허겁지겁 사과를 먹기 시작했다.

사과가 이렇게 맛있는 과일이었던가. 주먹만 한 사과는 어느새 중앙의 씨 부분을 드러냈다.

결국 씨 부분마저 삼키는 내 모습에 놀란 그녀의 눈이 커지기 시작했다.

"헐, 진짜 많이 고팠나 봐?"

"어. 점심부터 지금까지 아무것도 못 먹었어. 원래 이번 쉬는 시간에 물배라도 채우려고 했는데. 늦게 끝내주시는 바람에 이대로 굶어 죽는 건 아닌가 했어."

예슬은 내 과장된 몸짓과 말을 보며, 어이가 없다는 듯 고개를 설레설레 흔들었다.

"최승민. 너 내가 처음 생각했던 이미지랑 완전 반대인 거 같아."

"음? 내가? 어떻게 생각했는데?"

"과묵하고 진지할 거라고 생각했거든. 점심만 해도 '미안. 일이 생겨서 못 갈 것 같다. 미안해'라면서 분위기란 분위기는 다 잡아놓고, 사과 하나 주니까 그저 좋아가지고 하하하."

내 말투를 흉내 내는지 남자 목소리 톤으로 말하며 웃는 예슬을 보니, 그녀 역시 생각하던 첫 이미지완 거리가 멀었다.

"글쎄, 오히려 너야말로 완전 깨는데."

"내가? 뭘."

"수줍음 많고 착한 아이라고 생각했는데. 지금 보니까 그냥 아줌마 같아서."

"뭐? 아줌마? 야, 사과 뱉어."

"야, 꺼내 가. 줬다 뺐냐? 더러워서 안 먹어."

그리곤 그녀에게 배를 들이밀자 예슬이 얼굴을 찡그리며 손을 내저으며 말했다.

"어우, 꺼져. 전학생이라고 신경 좀 써줬더니, 완전 유치해가지고는 쯧쯧."

첫인상과 달리 유쾌한 성격인지, 짓궂은 농담도 오히려 되받아치는 모습의 그녀가 마음에 들었다.

"참 나, 누가 할 소리를 옆자리라고 좀 놀아줬더니 꺼져. 꺼져."

그렇게 점점 유치해져만 가던 우리의 대화는 국어 선생님께서 수업을 위해 교실에 들어오고 나서야 끝이 났다.

어째 돌아오고 나서 점점 유치해져만 가는 것 같아 씁쓸한 마음이 든다.

그래도 예슬이에겐 감사해야겠지.

강민기와의 일로 오늘은 친구를 사귀기 글렀다고 생각했었으니까.

하지만 한편으론 그녀와 대화를 나누고 나니, 문득 과거에도 만약 이렇게 손을 내밀어 온 친구가 있었다면, 조금은 달라지지 않았었을까 하는 아쉬움이 가슴 한편을 스치고 지나갔다.

뭐, 이제 와서 이미 달라진 과거에 미련을 둘 필요는 없겠지. 고작 사과 하나 먹었을 뿐인데. 이렇게 잡생각이 떠오르다니.

"그럼 오늘은 여기까지 하는 걸로 하고 나머진 다음 시간에 하자고. 반장."

"차렷. 경례!"

"수고하셨습니다~"

반장? 언제 반장은 뽑은 거야?

"야."

"왜?"

아직 수업 전 앙금이 남은 탓인지 내 말에 답하는 그녀의 말투는 퉁명스러웠다.

"반장, 언제 뽑았어?"

"무슨 반장?"

"아니, 방금 앞에 애가 인사시켰잖아."

예슬은 고개를 흔들며 한숨을 내쉬며 말했다.

"하, 정말 전학을 오셨으면~ 집중을 하셔야죠. 최승민 아저씨."

이거 참. 그녀에게서 아저씨 소릴 듣자 '그래 학생 무슨 일이야?'라고 자연스레 내뱉으려 했던 것에 가슴이 뜨끔했다.

"예, 제가 좀 주위가 산만합니다. 대답이나 해주세요. 김예슬아주머니. 내일이면 환갑이셔서 잘 못 들으셨나?"

"히히히. 그렇게 궁금하시면 직접 알아보세요. 나이 먹은 늙은이 괴롭히지 말고."

어느새 수업 시작 전부터 이어진 신경전이 다시 펼쳐지고 있었다.

"그러시지 마시고."

"야, 김예슬. 나랑 이야기 좀 하자."

말을 끊고 끼어드는 목소리. 어느새 예슬의 옆엔 목소리의 주인공으로 보이는 잘생긴 녀석이 서 있었다.

그녀에게 말을 건네면서도 나를 바라보고 있는 녀석의 시선이 곱지 않게 느껴졌다.

"왜?"

"좀 와봐. 중요한 거야."

"아, 귀찮게 여기서 말해."

조금 강압적인 말투였기에 나설까 했지만 친한 사이인지 편하게 말을 하는 예슬의 행동에 상황을 지켜보고 있자, 녀석은 자신을 바라보는 내게서 눈을 떼지 않은 채 그녀에게 따라오란 손짓을 보냈다.

"아, 진짜."

전지훈이라……. 날 보던 놈의 표정을 보면 분명 나와 관련된 이야기란 건 확실한데.

5분쯤 지났을까.

교실을 나섰던 예슬과 지훈이 교실로 들어오는 모습이 보였다.

교실로 들어선 예슬은 왠지 그에게 짜증을 내고 있었고, 지훈은 답답하다는 표정으로 무언가 그녀에게 말을 하고 있었다.

"에이 씨."

그녀는 자리에 앉으면서도 기분이 별로였는지 여전히 인상을 쓰고 있었다.

"왜? 너랑 사귀재?"

"풋, 뭐?"

그녀의 기분을 풀어주려고 던진 농담이 통한 모양이다.

"왜? 좀 생겼더만. 니 스탈은 아냐?"

"아휴, 야, 우리 오늘 처음 말 튼 사이예요. 최승민 씨."

"다 그렇게 친해지는 거지. 처음부터 친한 사람이 어딨어?"

"됐다, 됐어. 그냥 조금… 몰라, 넌 몰라도 돼."

말하기 꺼려하는 그녀의 행동에서 지훈이란 녀석이 뭐라고 했을지 조금은 짐작이 갔다.

"왜 나랑 엮이지 말래? 강민기 놈들이 해꼬지라도 하면 어떡하냐면서?"

"그런 거 아, 아냐."

아이고, 이 순진한 아가씨야. 이래 보여도 회사 눈칫밥 인생만 20년이 넘은 날 속이려면 그렇게 당황하면 안 되지.

"그래? 그럼 됐고, 혹시라도 녀석들이 나 때문에 너한테 뭐라고 하면, 내 걱정한다고 끙끙 앓지 말고 바로 말해."

"으휴, 소설을 쓰세요."

"하하, 좀 멋있지 않았냐? '바로 말해' 괜찮았는데."

"아우~ 진짜! 미친 거 아냐? 뭐? 후, 왜 이런 게 전학을 와서 내 옆자리에 앉냐."

어이가 없다는 듯 말을 끝내며, 새침한 표정으로 날 외면하는 귀여운 소녀의 모습에 이번 삶엔 이 아이로 인해 신명고의 생활이 즐거워질 것 같단 느낌이 든다.

그런 내 시선을 느꼈는지 고개를 돌린 그녀가 조용히 말했다.

"뭘 봐."

그녀와 투닥거리는 사이 어느새 수업은 끝이 나고, 교실 문이 열리며 종례를 위해 담임 선생님께서 들어오셨다.

"다들 조용히 하고, 오늘 학기 첫날인데 우리 반에 조금 불미스러운 일이 있었던 건 다들 알 거다."

말씀을 하시는 김호경 선생님의 표정은 조금 굳어 있었다.

"후, 다 지난 일에 대해서 더 이상 왈가왈부하지 않겠지만, 또 이런 일이 생기면 그땐 용서하지 않는다. 다들 알겠지?"

"예."

"그래, 뭐. 첫날부터 가라앉아 있을 필요 없으니 더 이상 말하지 않겠지만, 이 말 하나만은 명심해. 학생으로서 본분만 잃지 말고 생활해. 알았어?"

"예."

가뜩이나 다들 어색한 첫날에 반 분위기를 고려한 것인지, 선생님께선 나와 강민기의 문제를 심각하게 거론하지 않으셨다.

"그래, 황병준 맞지?"

선생님께선 교실 맨 첫줄 오른편에 앉은 학생에게 다가가 물으셨다.

"예."

"그래, 오늘 임시 반장한다고 고생했어."

그러고 보니 예슬이와 다른 이야기로 떠드는 사이 반장에 대한 말은 듣지 못했었는데, 임시반장이었던 건가.

어쨌든 그의 어깨를 토닥여 주신 선생님께서 말씀을 계속하셨다.

"다른 반은 모르겠지만, 우리 반은 오늘 반장을 정하자. 반장은 뭐 내신이랑 수시에 조금 도움이 될 거야. 원하는 사람은 손 들고 여러 명이 원하는 경우엔 투표로 하겠다. 자, 지원자?"

선생님의 말씀에 내신과 수시에 혹한 반 아이들이 서로 눈치를 보고 있었지만, 득보다 실이 많음을 알고 있는 난 반장엔 전혀 관심이 없었다.

반 친구들도 선뜻 나서는 사람이 없자 선생님께서 회심의 카드를 꺼내셨다.

"아, 깜박하고 말을 못해줬는데, 오늘은 첫날이라 야간 자율 습을 하지 않는다. 뭐, 그렇단 이야기지."

참 과묵하신 분께서 이럴 땐 꼭 여우같단 느낌이 든다. 선생님의 말씀에 교실이 소란스러워지기 시작했다.

"야."

내 말에 예슬이는 귀찮은지 고개만 살짝 돌린 채, 말을 하라는 듯 손을 휘저었다.

"또 왜? 안 알려줬다고 뭐라 할라고?"

"아니, 너 한번 해보라고."

"뭐? 반장?"

"어."

"왜?"

그녀는 기대를 담은 눈으로 내 말을 기다리고 있었다.

"너 어울릴 것 같아서."

기뻐하는 예슬의 표정에 기대감을 가지고 웃으며 그녀를 보았지만, 예슬은 가당치도 않다는 듯 코웃음을 날렸다.

"하! 웃기고 있네. 내가 모를 거 같아? 빨리 끝내고 싶으신 거겠죠."

어린것이 못된 것만 배워 가지곤 어른을 놀려?

그렇게 내 작전은 수포로 돌아가고 누군가 나서기를 바라고 있을 때, 한 학생이 자리에서 일어나 외쳤다.

"선생님! 이철민을 추천합니다!"

마치 교과서를 읽는 듯, 우렁차게 외친 학생이 그 말을 끝으로 자리에 앉자, 옆자리에 친구가 이철민이었는지 당황한 표정으로 선생님께 뭔가 말씀드리려 했다.

"저… 선… 생님. 그게… 저… 저는."

"오, 그래. 이철민. 추천까지 받고 좋아. 철민이가 반장이 되는 것에 불만이 있거나, 반장 후보에 입후보를 하겠다는 사람은 손."

"없어요~"

모두들 웃으며, 그의 반장 당선을 박수로 환영해 주었고, 철민만이 자신을 추천한 친구를 때리며 화를 풀었다.

"부반장은 철민이가 같이 하고 싶은 친구 추천해 봐."

악마가 있다면 김호경 선생님이 아닐까 하는 생각이 들었다.

늙은 여우. 과묵한 것도 어쩌면 자신을 감추기 위한 처세술일지도 모른다.

철민은 선생님의 말씀에 의미심장한 미소를 지으며 말했다.

"예, 저는 박규민을 추천합니다!"
"야… 이……."
철민의 외침에 교실엔 반 친구들의 웃음소리로 떠들썩해졌다.
"그래, 둘이 한번 잘해봐. 뭐 특별히 어려운 건 없을 거야."
한 차례 반장 선거(?) 소동이 지나간 후, 선생님께선 학생들을 진정시키며 유인물을 나눠 주셨다.
"하나는 야간자율학습에 참가하지 못하는 사유가 있는 사람만 작성해서 내고, 다른 한 장은 석식을 신청할 사람들만 적어서 내일 반장에게 제출하도록. 다들 오늘 수업 듣느라고 고생들 했고, 내일 또 밝은 모습으로 만나도록 하자. 반장."
"차… 차렷!"
어색한 철민의 행동에 교실 여기저기에서 웃음소리가 들렸다.
"누구라도 처음부터 잘하는 사람은 없어. 철민이가 조금 부족해도 다들 이해해. 알겠지."
"예~"
"철민이 계속해."
"경례!"
격려 덕분이었을까?
철민은 자신감이 붙은 모습으로 인사를 마무리 지었다.
그렇게 종례는 끝이 났고, 야간자율학습을 하지 않아서인지 교실을 나서는 아이들의 표정은 밝았다.
그런 그들을 보며 나 역시 가방을 챙겨 자리에서 일어났다.
"어이, 잘 가라."
난 가방을 챙기는 예슬과 그 옆에 서 있는 전지훈을 바라보며 그녀에게 인사를 건넸다.

"응. 너도 내일 봐."

"……."

말없이 예슬의 옆에 서 있는 그를 지나쳐 가는 내게, 교실을 나서지 못한 채 무언가 이야기를 나누고 있는 강민기 패거리의 모습이 보였다.

그들의 표정은 처음 시비를 걸던 때의 밝은 모습과는 달리, 선배들에 대한 걱정 탓인지 수심이 가득 차 있었다.

세상은 원하는 대로만 되지 않는다. 그것은 나에게만 적용되는 룰은 아니었나 보다.

강민기, 이번엔 네 녀석이 그걸 깨달을 차례야.

이렇게 1년 같았던 신명고의 첫날이 지나갔다.

학교를 나와, 주변의 학생들처럼 걷고 있는 나.

더 이상 과거의 고개를 푹 숙인 채, 길을 걷던 소년의 모습은 존재하지 않는다.

괴롭히는 녀석들도, 무시하는 시선도 역시.

교문을 나서는 학생들 틈에서 같이 걷고 있으니, 과거 내가 다니던 그 길이 아닌 것만 같았다.

신명고, 하교의 풍경이 이렇게 평화로웠던가?

내겐 달라진 이 모든 것이 그저 생소하고 신기하기만 했다.

그렇게 추억에 잠겨 발걸음을 옮기다 보니, 어느새 눈앞엔 낡은 담벼락이 늘어선 골목길에 자리 잡은 푸른 대문이 보였다.

띵동.

"누구세요?"

초인종을 누른지 얼마 지나지 않아, 어느새 익숙해져 버린 지수 누나의 고운 목소리가 들려왔다.

"누나, 저예요. 승민이."

"오~ 잘 다녀온 거야?"

"네."

지금 그녀의 질문에 대답을 하는 난 세상 누구보다도 행복한 미소를 짓고 있을 것이다.

7장

적응

몸이 끈적거리는 불쾌한 느낌에 잠에서 깨고 말았다.

그 불쾌감의 근원지는 내가 입고 있는 땀에 전 교복이었다.

내가 언제 잠들었지?

분명 누나의 마중을 받으며 집으로 돌아왔고, 그 후 곧장 방으로 올라와 침대에 몸을 뉘였었는데, 그러고 나서 음… 기억이 나지 않는다. 그대로 잠이 들었던 건가.

후우, 자리에서 일어나 커튼을 열어보았지만, 하늘이 밝아 오는 것인지 아니면 어두워지고 있는 것인지 알 수 없었다.

설마 하루가 지나진 않았겠지?

시계를 확인하니 4시. 어제 5시 넘어 하숙집에 도착했었다.

젠장, 몸도 정신도 지쳐 있었던 것일까. 과거에도 이렇게 오랫동안 자본 적은 없었는데.

일단 이 끈적거리는 몸부터 어떻게 해야 할 것 같았다.

옷장에서 갈아입을 옷가지를 챙겨 1층의 화장실로 향했다.

스― 스―

샤워기에서 떨어지는 따스한 물을 맞자 피로가 사라져 갔다.

"후, 눈 한번 감았다 떴더니만 또다시 하루의 시작인가."

그러나 아쉬워할 필요는 없다. 오늘 하루도 최선을 다하면 되니까.

그동안의 노력은 나를 저버리지 않았고, 결국 미래를 바꿔 나가고 있으니.

"으차! 시작해 볼까."

샤워를 하고 밖으로 나가니 거실엔 불이 켜져 있었다.

"승민이 일어났어? 어머, 입술도 터졌네? 어제 깨워도 안 일어나더니 많이 피곤했나 봐."

5시건만 부지런하신 아주머니께선 주방에서 식사를 준비하고 계셨다.

"아… 예, 그랬나 봐요."

"그래, 전학 첫날이라 긴장을 많이 해서 그런 걸 거야. 너무 걱정하지 말고 편하게 마음먹어."

"예, 그럴게요."

"배고프지? 금방 아침 준비해 줄 테니까. 조금 쉬고 있어."

"예."

다행히 아주머니께선 강민기와의 싸움의 흔적을 알아채지 못하셨고 난 안도의 한숨을 내쉬며 방으로 향했다.

"아! 승민아."

"예?"

"어제 너희 작은어머니께서 전화하셨었어. 너 안 왔냐고, 많이 걱정하시더라. 어디 아픈 거 아니냐고 찾아오신다는 걸 간신히 말렸으니까. 오늘 꼭 찾아뵙고 인사드려."

"예, 그럴게요."

분명 작은어머니 성격에 내가 전화도 못 받고 자고 있다는 이야기를 들었다면, 당장에 오시고도 남으실 분이시지…….

어제 찾아뵈었어야 했는데. 뭐, 오늘 잘 말씀드리면 되겠지.

"쩝…쩝… 맛있네요."

꼬박 하루를 굶은 탓에 허겁지겁 두 공기를 비웠다.

그 모습에 놀란 지수 누나가 나를 나무랐다.

"야, 너 그러다 체해. 천천히 먹어!"

"아… 네."

"최승민… 말이랑 행동이랑 따로 놀고 있잖아!"

"그게… 쩝…쩝… 하루 종일 굶었잖아요. 누나도 쩝…쩝… 굶어봐요."

툭.

말을 하던 내 입에서 튀어나간 밥풀이 지수 누나의 자리에 안착을 했고, 그 모습을 본 누나는 인상을 쓴 채 날 노려보고 있었다.

"죄송해요, 누나."

내 말에 누나는 화를 참는 것인지, 고개를 푹 숙이고 손을 부르르 떨며 말했다.

"그냥 말하지 말고 먹기나 해라. 밥풀 튀기지 말고."

난 고개를 끄덕이며 다시 밥을 푸러 갔고, 그 모습에 결국 아주머니께서도 한마디 거드셨다.

"승민아~ 밥은 많으니까 지수 말대로 천천히 먹어. 그러다 체해요."

"예."

"어우, 진짜 징그럽다, 징그러워. 아주 돼지가 따로 없어."

그렇게 누나에게 핀잔을 들으며, 식사를 마친 나는 가방을 챙겨 하숙집을 나섰다.

"다녀오겠습니다~"

"그려, 잘 다녀와."

교실에 도착해 보니 빨리 왔다고 생각했건만, 안경을 쓴 소녀가 자리에 앉아 뭔가를 풀고 있었다.

눈앞에 소녀는 문을 여는 소리가 들렸을 텐데도 아무 일도 없다는 듯 내 쪽은 쳐다보지도 않았다.

"안녕."

"……."

그녀는 인사를 건네는 나를 힐끔 보더니, 아무 말 없이 다시 문제집으로 시선을 돌렸다.

"그래도 같은 반인데. 인사는 좀 받아주라."

사람을 이렇게까지 무시하나? 어디 보자.

윤세나?

"……."

그녀는 또다시 나를 외면했고, 결국 쓴웃음을 지은 채 자리에 앉을 수밖에 없었다.

원만한 대인관계를 원했건만, 처음부터 난관에 부딪혀 버린 느낌이 든다.

그나저나 이 녀석은 언제 오려나.

냉랭한 소녀의 행동 탓인지 옆에 놓인 예슬이의 빈 자리가 유난히 커 보였다.

시간이 지나고 반 친구들이 하나둘 등교를 하기 시작했고, 그 중엔 강민기 녀석도 보였다.

녀석은 나와 눈이 마주치자 급히 고개를 돌렸다.

눈치를 살피며 머뭇거리고 있는 강민기에게선 더 이상 당당했던 과거의 모습은 찾아볼 수 없었다.

그런데 쓸쓸히 자리로 향하는 강민기의 걸음걸이가 이상했다. 선배들에게 맞은 것인지 녀석은 다리를 절고 있었다.

이 정도까지 바란 것은 아니었지만, 난 녀석을 동정해 주고 싶진 않았다. 그저 이렇게 놈과의 악연이 끝나기만을 바랄 뿐.

그리고 얼마 지나지 않아 반가운 얼굴이 보였다.

"안녕."

책상에 가방을 내려놓으며, 인사를 건네는 예슬이의 모습은 어제완 달리, 마치 대학교 OT를 다녀온 후 다시 만난 새내기들 마냥 어색해하는 기색이 역력했다.

"뭐냐? 평소대로 해. 왜 내숭이야?"

"무슨 내숭!"

"니가 더 잘 알 거 아냐. 그 손은 뭐고. 올렸으면 다 펴고 인사를 하던가. 미팅 나왔냐. 그게 뭐냐?"

"내가 손을 다 펴든 말든 니가 뭔 상관이야! 왜 아침부터 시비야!"

이제야 좀 예슬이답다. 난 화를 내는 예슬에게 일부러 차갑게 대꾸했다.

"그러게. 그냥 농담 좀 한 건데. 친하지도 않은 게 주제넘었으면 미안하다."

"야, 니가 먼저 시작해 놓고 그러면 어떡해."

말을 끝낸 그녀는 내 태도에 걱정스러운 얼굴로 바라보고 있었다.

"하하하. 쫄았냐? 어?"

그런 예슬이에게 표정을 풀곤 웃으며 장난치듯 말을 걸자, 그녀의 입가에 미소가 스치고 지나갔다.

"웃겨?"

"어… 어?"

예슬은 고운 손을 천천히 쥐며 점점 내게로 다가왔다.

"야… 왜… 왜 그래? 장난이야. 진정하고… 일단 앉아봐."

거부의 표시인지 고개를 흔들며 웃는 예슬이의 모습에 등골이 오싹했다.

"예슬아? 침착해."

그러나 그녀를 진정시키려 애쓰는 내게 보인 것은, 나를 향해 다가오는 그녀의 오른손이었다.

"윽!"

"후… 내가 착해서 이 정도로 넘어간다. 한 번만 더 이러면 국물도 없을 줄 알아."

그게 주먹으로 명치를 쳐놓고 할 말은 아닌 것 같은데……. 학생, 여긴 급소야, 죽는다고.

"무슨 기집애가……."

아직도 전해져 오는 명치의 고통에 불만을 토로하던 난, 자리에 앉아 손을 만지며 생긋 웃는 그녀의 모습에 서둘러 하려던 말을 삼켜야 했다.

"왜? 말해. 무슨 기집애가? 응?"

"아냐… 나 아무 말도 안 했어."

어쨌든 내 노력으로 그녀에게선 처음 인사할 때의 어색한 모습은 찾아볼 수 없었다.

"쯧쯧쯧. 으휴, 됐다. 그렇게 살아라."

한심한 눈으로 바라보는 건방진 소녀만이 존재할 뿐…….

"아~ 싫다."

옆에서 고개를 책상에 묻은 예슬이가 한숨을 내쉬며 말했다.

"뭐가?"

"0교시."

"0교시?"

"응."

하긴 이렇게 일찍 등교를 한 이유도 그것 때문이긴 하다.

정동고에 비해 1시간이나 일찍 나왔으니까. 그래도 그게 뭐 대수라고.

"그게 뭐 대단한 거라고 그냥 들으면 되지."

"헐."

턱 빠지겠다. 턱 좀 닫아라. 하여튼 어린것들이란. 조금이라도 더 배울 생각은 안 하고.

*　　*　　*

“그래서 영어 독해에서… 해석을… 실수는…….”

분명 계속 귀를 기울이며 수업을 듣고 있는데, 설명하시는 선생님의 말은 연결이 되지 않았고, 눈을 깜박일 때마다 시계는 마술에 걸린 것처럼 10분씩 지나 있었다.

딩동댕동.

수업이 끝나는 종과 함께 선생님께서 나가신 후, 우린 모두 약속이나 한 것처럼 고개를 책상에 처박았다.

“최승민 씨, 별거 아니시라더니. 아주 쑈를 하시던데?”

“조용히 해. 오라버니 주무시잖아.”

익숙하지 않은 0교시와 아침에 과식을 한 것이 문제가 된 것인지, 쏟아지는 졸음에 비꼬는 그녀의 말에 대답할 힘조차 없었다.

“하하하. 으휴, 하루 종일 고개를 흔드시네요.”

“아… 지옥이다…….”

“일어나. 밥 먹으러 가자.”

“뭐!?”

“점심시간이잖아.”

0교시는 폐지되어야 한다. 내가 내린 결론이었다.

예슬을 따라 급식실에 도착해 한 줄로 서서 배식을 받고 있으니, 정동고 시절 도시락을 싸와 친구 녀석들과 나눠 먹던 것이 생각난다.

맛있는 반찬을 싸왔을 땐, 입이 미어터지도록 허겁지겁 밥을 넘기던 시열과, 녀석을 말리던 현성의 모습이 눈에 선한데…….

자리에 앉아 똑같은 음식을 먹는 학생들의 모습을 보니, 문득 세상이 편해질수록 추억할 만한 것들은 사라져 가는 것은 아닐까 하는 생각이 들었다.

도시락을 들고 다니기 불편했지만, 서로 반찬을 나눠 먹는 재미가 쏠쏠했었는데……. 이젠 더 이상 할 수 없게 된 건가.

배식을 받은 후 내게 손을 흔드는 예슬이 있는 테이블로 가 앉고 나니 뭐가 이상하단 생각이 들었다.

나를 포함해 남자 셋, 여자 하나. 거기에 불청객인 나로 인해 적막감마저 흘렀다.

"뭐 해. 서로 인사해."

이 어색한 분위기를 모르는 것인지, 예슬은 이 황당한 상황에 멀뚱히 식판만을 바라보고 있는 남자 놈들에게 말했다.

그러나 우린 그녀의 말에도 불구하고, 그저 서로 시선을 피할 뿐이었다.

그때 예슬이 옆자리에 앉은 지훈의 허리를 손으로 찔렀다.

"야, 빨리."

지훈은 그런 그녀의 행동에 못마땅한 표정으로 바라보다, 마지못해 입을 열었다.

"이미 알겠지만 서로 말을 하는 건 처음인 것 같다. 전학 온 거 환영한다."

지훈이 그렇게 말을 끝내는 것이 불만인 것인지, 예슬은 인상을 찌푸리며 다시 지훈을 찌르기 시작했다.

"하… 최승민. 앞으로 잘 지내보자."

한숨을 내쉬며 손을 내미는 녀석의 모습이 왠지 불쌍해 보여, 내민 그의 손을 잡아주었다.

"그래, 잘 지내보자."

우리의 모습을 흐뭇하게 바라보던 예슬은, 내 옆자리의 불쌍한 친구에게까지 마수를 뻗치려는 것인지 눈치를 보냈다. 그걸 본 옆자리에 멀대처럼 키가 큰 녀석의 표정은 거의 울상이었다.

"넌 이름이 뭐냐?"

그런 녀석을 구원해 주기로 했다.

"어? 나… 이현우."

"그래? 앞으로 잘 부탁한다."

"어? 어……."

인사를 마친 후에도 우리 사이엔 여전히 어색함이 감돌았고, 오직 예슬만이 우리의 모습을 보며 웃고 있을 뿐이었다.

"밥 먹자~ 맛있겠다~"

나를 위해 애써준 귀여운 소녀의 모습을 바라보며 수저를 들었다.

"야, 김예슬."

"응?"

반찬을 집어 입으로 가져가던 그녀는 젓가락을 내리며, 고개를 갸웃거렸다.

"근데 넌 남자 애들이랑만 노냐?"

"뭐가! 아냐. 지훈이랑은 원래 소꿉친구고, 현우는 오늘 처음

같이 먹는 거야! 다른 애들은 너 있다고 무섭데. 아… 미안……."
"아냐. 미안하긴 내가 미안하지."
그리고 우린 말없이 밥을 먹기 시작했다. 거의 식사를 끝마칠 때 즈음 지훈이 녀석이 내게 물었다.
"최승민."
"음?"
"근데 뭐 하나만 물어봐도 되냐?"
"뭔데? 말해봐."
"3학년에 경혁 선배랑 친척이란 게 사실이냐?"
내게 묻는 녀석의 표정은 무척이나 진지했다.
"뭐? 그건 어디서 들었냐?"
"애들이 수군대더라고. 사실이야?"
"뭐라고 그러는데."
"강민기가 경혁 선배 사촌인 너 건드렸다가 선배들에게 당했다고."
벌써 소문이 돈 건가. 어쨌든 그런 소문이 나서 내게 나쁠 것은 없다. 다른 놈들이 날 건드리지 못 할 테니.
내 말을 기다리고 있는 지훈에게 말했다.
"맞아."
"그래?"
고개를 끄덕이며 다시 밥을 먹고 있는 녀석을 보니 조금 씁쓸했다. 어린 녀석이 벌써부터 뭘 그리 재는지.
예슬에게 뭐라 하던 녀석이 이렇게 나온 건 그 말을 묻고 싶어서였던 건가.

뭐, 바꿔 나가면 되겠지.

다행히 점심시간 덕분에 0교시 후유증에서 벗어날 수 있었고, 신명고의 수업도 정동고와 그리 차이가 나지 않은 덕분에 수업에 집중할 수 있었다.

"야."

쉬는 시간, 지훈과 대화를 나누던 예슬이 내 노트를 보곤 뭘 본 건지 날 불렀다.

"왜?"

"너 글씨가 아저씨 같아."

글씨가 아저씨 같다니. 이젠 살다 살다 내가 별소릴 다 듣는구나.

"글씨가 아저씨 같은 건 대체 뭐냐?"

"음… 뭐랄까……. 우리 아빠 글씨랑 비슷해 보인 달까? 그러니까… 고등학생 글씨 같지가 않아."

"하… 전지훈 너도 뭐라고 좀 해봐."

내 말에 예슬이 보던 내 노트를 집어 본 녀석의 표정이 묘했다.

"흠… 너 아버지한테 글씨 배웠냐?"

"아니."

"그래? 잠깐만."

녀석은 자신의 자리로 가 노트를 들고 오더니, 그것과 내 것을 예슬의 것과 비교해 보기 시작했다. 그리곤 둘은 마치 짠 것처럼 나를 보며 고개를 끄덕거렸다.

"…기분 나쁘게 끄덕거리지 말고 이리 줘봐."

내 것과 녀석의 글씨체를 비교하고 나자 왜 둘이 고개를 끄덕였는지 알 수 있었다.

이건 마치 선생님의 글씨와 학생의 글씨를 나란히 놓은 것 같았다.

툭.

"……."

"뭐 해, 바보야."

바닥에 떨어진 노트를 주우며 예슬이 말하자 옆에서 비웃던 지훈이 한마디 던졌다.

"지도 깨달았나 보지. 어디서 훈련받고 왔냐?"

"키키, 훈련."

글씨체를 바꿔야 하는 건가……. 수업종이 울리고 선생님께서 판서하신 것을 노트에 옮겨 적는 내내, 예슬의 웃음소리와 지훈의 썩소만이 머릿속을 맴돌며 나를 괴롭혔다.

"에휴… 다 비슷해 보이네……."

한참을 글씨체를 요리조리 바꿔가며 필기를 했지만, 마흔이 넘게 써온 글씨가 한순간에 바뀔 리 없었다. 그러는 사이 어느새 수업이 끝남을 알리는 종소리가 들려왔다.

"오늘은 여기까지. 반장."

"차렷! 경례!"

쉬는 시간이 되자, 교실은 아이들이 떠드는 소리로 금방 난장통이 되었다.

"애들아! 잠깐만 조용히 해봐!"

소란스러운 교실의 분위기에 반장인 철민이 뭔가 할 말이 있는지, 모두가 들을 수 있게 큰소리로 외치자, 그 소리에 놀란 친구들의 짜증 섞인 불평이 들려왔다.

"니가 제일 시끄러워."

"아, 뭐야?"

신경질적인 친구들의 반응에 주눅이 든 철민은 머리를 긁적거리며, 조금 작아진 목소리로 말을 이었다.

"소리 질러서 미안한데. 석식 신청서랑 야자 사유서 좀 내라고……. 열 명밖에 안 냈어."

"아, 맞다. 쏘리~"

"하… 얼른들 내라."

반장이 된 지 이틀도 지나지 않았건만, 가방을 뒤지고 있는 친구들을 바라보는 철민은 10년은 늙은 모습이었다.

"최승민, 넌 왜 가만히 있어. 안 내?"

가방에서 종이를 꺼내던 예슬이, 연민의 눈길로 철민을 바라보고 있는 내게 궁금한 듯 물었다.

"어."

"뭐? 저녁 신청 안 한다고?"

"어, 집이 근처라 그냥 먹고 오려고."

"으흥. 그래? 야, 전지훈. 승민이는 안 낸데. 다녀와."

당연하다는 듯, 종이를 건네는 예슬의 행동에 무심코 그것을 받은 지훈의 얼굴이 굳어졌다.

"장난해?"

"무슨 장난?"

"부탁해도 아니고 다녀오라니. 너 너무 당당한 거 아냐?"

"아! 어차피 갈 거면서 왜 앙탈이야. 얼른 갔다 와."

오히려 자신을 탓하는 예슬의 말에 지훈의 눈썹이 꿈틀거렸다.

"너……."

"뭐? 뭐?"

그러나 오히려 뭐가 문제냐는 듯 노려보는 예슬의 행동에 어처구니없어하던, 지훈이 먼저 백기를 들고 말았다.

"하… 어쩌다 이런 걸 알게 돼 가지고……."

결국 지훈은 두 손 두 발 다 들었단 얼굴로 고개를 흔들며 철민의 자리로 향했고, 그런 지훈을 잠시 보던 예슬은 승자의 미소를 지으며, 책상에 놓인 만화책을 집어 읽기 시작했다.

"너도 참 대단하다."

"에헴!"

자신의 행동을 자랑스러워하는 예슬을 보고 있자니, 처음에 건방지고 기분 나쁜 녀석이라고 느꼈던 지훈의 첫인상을 수정해야만 할 것 같았다.

"으아, 아직도 반이나 남았어."

마지막 수업이 끝나자 예슬이 울상을 지으며 말했다.

"뭐가. 다 끝났구만. 반이 남아."

"넌 진짜… 하……. 야자를 생각해야죠."

"꼭 해야 되냐?"

"어. 과외나 학원을 다니면 사유로 빠질 수 있는데 그것도 어차피 공부잖아."

어련하시겠냐.

주위를 둘러보니 예슬뿐만 아니라, 대부분의 학생이 야자에 대한 불만을 토로하고 있다.

드르륵.

"왜 다들 죽을상이야? 힘드냐?"

종례를 위해 들어오신 담임 선생님께서 교실의 축 처진 분위기를 보며 한마디 하셨다.

"예~"

"이제 학기 초인데 벌써부터 힘들어? 힘나는 소식 하나 알려줘?"

"예~"

"오늘."

모두 뜸을 들이시는 선생님의 입만을 기대에 찬 눈으로 뚫어져라 바라봤다.

"야자는 없다."

"와~!"

침울했던 교실은 어느새 축제의 분위기로 바뀌었다.

"그만, 조용. 쯧쯧… 그저 공부만 안 하면 좋아 가지고. 뭐 특별히 더 전달할 말은 없고, 오늘 야자 못한다고 낸 애들은 종례 끝나고 교무실로 오도록. 이상."

"둘 다 내일 보자. 나 먼저 간다."

행복한 미소를 짓고 있는 예슬과 그런 그녀를 한심하단 듯 보는 지훈에게 인사를 건넸다.

"그래, 너도 잘 가라."

"응! 응! 빠이~"

학교를 나선 난 작은아버지 댁으로 발걸음을 옮겼다.

어느새 오르막길로 바뀐 길을 한참을 걸어 올라가자, 붉은 벽돌로 지어진 4층의 낡은 연립주택이 눈에 들어왔다.

바로 저곳이 작은아버지 가족이 살고 계신 곳이다.

건물의 안으로 들어가 102호의 초인종을 두어 번 누르자, 스피커를 통해 목소리가 들려왔다.

—누구세요?

"아, 저 승민이에요."

—승민이요?

음? 작은어머니라 보기엔 너무 어린 목소리, 작은어머니께서 날 모를 리 없으니 사촌 동생이 분명했다.

"혹시 민아니? 승민이 오빠야."

—아… 잠시만…….

철컥.

문이 열리며 앳되어 보이는 소녀가 눈앞에 보였다.

"안녕."

"응……."

수줍게 대답을 하는 어린 사촌 여동생이 반갑게 느껴졌다.

정말 오랜만에 다시 너를 보는 구나. 출가외인이란 말처럼, 민아가 시집을 가고 난 뒤 내가 마지막으로 그녀를 봤던 것이 아버지의 장례식장이었으니 4년 만인가…….

"오랜만이네?"

"어, 그러네."

"부모님은 지금 안 계셔?"

"아니, 들어와. 엄만 저녁 준비하고 있고, 아빤 아직 회사."

"그래?"

"엄마, 승민 오빠 왔어."

민아의 말에 저녁을 준비하시던 작은어머니께서 반갑게 나를 맞아주셨다.

"승민이 왔어? 그래, 어제는 어디 아팠던 거야?"

"아니에요. 조금 피곤했는지 바로 골아 떨어져서. 하하……."

"그래, 괜찮다니 다행이네. 어때 하숙집은 지낼 만해?"

"예, 아주머니도 친절하셔서 괜찮아요."

"그래, 다행이네. 우리가 데리고 살면 좋은데……."

"아니에요. 이렇게 걱정해 주시는 것만으로도 감사한데요."

"그래, 고마워. 우리 승민이가 어느새 어른이 다 됐네."

"하하… 뭘요."

"에휴, 우리 민아는 언제 철이 들지."

"왜요? 착해 보이는데요."

"쟤가?"

작은어머니께선 내 말에 웃으며 옆에 서 있는 민아를 바라봤다.

"왜… 뭐……."

"아니야."

"치……."

올해 고등학교에 들어갔다더니, 볼을 부풀리며 말하는 모습은 아직도 영락없는 꼬마 아가씨다.

"얘가 오빠도 있는데 어리광이야. 쟤가 저래. 호호."

"귀여운데요."

우리의 대화에 부끄러운지 민아는 붉어진 얼굴로 자리를 피했다.

"저거 봐. 아주 애야. 애."

"하하하. 그래도 저희 어머니께선 딸 하나 키우고 싶다는 데요. 전 사내놈이라 너무 무뚝뚝하다고."

"호호호. 말만 잘하는구만. 무뚝뚝하긴 형님이 빈말하신 걸 거야. 전화할 때마다 니 자랑을 얼마나 하셨는데."

작은어머니의 칭찬에 그저 머리를 긁적일 수밖에 없었다.

"그나저나 배고프지?"

"예, 조금요."

"민아랑 오랜만에 이야기 나누고 있어. 금방 준비해 줄 테니까."

"예."

거실에서 음악 프로그램을 보고 있는 민아를 보니, 지금이나 미래나 소녀들의 취향은 그리 달라지지 않은 것 같다.

지아빠 생일은 몰라도 TV 속 사내놈들 생일은 줄줄이 꽤 차고 있던 딸내미들.

그리고 그들과 날 비교하던 노골적인 눈도…….

'아빠도 저 나이 땐 잘생겼었어'라는 말에 대학 시절 사진을 꺼내 오던 못된 녀석들이 문득 그리워진다.

"뭐보고 있어?"

"어? 인기가요."

민아야, 오빠 여기 있잖아. 사람을 보면서 말을 해야지…….

"G.D.O네. 걔들 좋아해?"

"응."

결국 아이돌이란 저들이 군대를 가고 아저씨가 된 모습을 훗날 봤을 민아의 표정이 궁금해진다.

음? 익숙한 멜로딘데?

"오……."

"오빠, 저 사람 좋아해?"

"응. 노래 잘 부르지?"

"그런 거 같아."

화면엔 성모님께서 까시나무를 열창하고 있었다. 난 점점 추억에 잠겨 갔다.

"승민아, 민아야. 어서 와서 밥들 먹어."

"예."

"응."

밥을 먹기 위해 식탁으로 향하면서도, 내 눈은 TV에서 떨어지지 않고 있었다.

시대가 지나도 변하지 않고 사람의 마음을 자극하는 것이 노래가 아닐까.

"잘 먹겠습니다."

"그래, 많이 먹어. 야간 자율학습 가야지?"

"아니요. 저휜 오늘 안 해요."

"정말? 뭐야! 우리 학교만 하는 거야?"

*　　　*　　　*

다음 날, 등교를 한 예슬이 웬일인지 웃으며 가방을 내려놓고 있었다.

"흐응~ 흐응~"

얼씨구. 콧노래까지?

"어이, 오늘은 웬일로 기분이 좋아 보인다."

"하! 하! 아빠가 인터넷 설치해 주셨지롱~"

"인터넷?"

"어. 다른 집은 다 했는데, 우리는 쓸데없다고 안 해주시다가 어제 설치해 주셨엉~"

"너 학교에서 만화만 보는 건 아시고 해주신 거냐?"

"시끄러! 이제 만화 다 다운받아 봐야지~"

인터넷인가? 하긴 어느새 주변엔 핸드폰을 만지작거리는 녀석들도 늘긴 했다.

변화의 시작인 건가? 20세기에서 21세기로 바뀌며 세상은 마치 기다리고 있었다는 듯, 새롭게 변모해 갔다.

이미 모든 것이 준비되어 있었던 것처럼.

그 시작은 인터넷, IT 산업의 급격한 발전에서부터였다.

그래, 2000년. 정보화 시대의 서막이 열리던 해였다.

하지만, 그 급격한 팽창은 좋은 것만 남긴 것은 아니었다. IT 버블이라 불리는 최악의 사건이 벌어진 해이기도 했으니까.

대한민국 주가를 반 토막 내버린, 더불어 IMF를 능가하는 파산자를 낳은 그 사건.

잠깐, 최승민. 너 지금… 이런 바보 같은 자식.

십 대로 돌아오더니 생각마저 어려졌구나. 자신이 무슨 말을 한지도 모르다니.

주식의 폭락은 IT 버블만이 아니다. 분명 2026년까지 수많은 주가 폭락이 있었다.

그리고 소수는 그 위기를 기회로 활용해 막대한 이익을 챙겼겠지.

과연 그들은 얼마만큼의 이익을 얻은 걸까? 미래를 아는 나도 이것을 이용할 수 있지 않을까?

난 그것이 궁금해졌다. 학생으로서 할 수 있는 것은 그리 많지 않다. 하지만 실험은 가능하다.

그리고 이것이 훗날 내게 밑거름이 되어주겠지.

그나저나 두 번 다시 하지 않겠다던 주식에 다시 발을 들이게 될 줄이야.

“야!”

“어?”

“뭐야? 너 가끔씩 이상해. 멍하니 뭐 해.”

“아냐. 나도 인터넷 달자고 졸라 볼까 하고.”

“헤! 부러웠구나?”

“얼마쯤 하냐?”

“글쎄. 모르겠네. 알아봐 줄까?”

“아니야. 내가 알아보지. 뭐.”

그날 이후, 난 주식을 위해 아르바이트를 알아보았다.

한참 알아본 끝에, 학교 수업을 들어야 하는 관계로 시간은 새벽. 그나마 학생 신분으로 많이 페이를 받을 수 있는 우유배달을 선택했다.

일반적인 배달이 아닌, 슈퍼나 할인매장에 대량으로 우유를 넣어주는 일이었다. 시간은 4시에 배달 차량에 우유 박스를 싣는 것으로 시작해, 6시 30분까지 일을 도와 각 지점에 우유를 넣어주면 됐다.

사장님은 학생인 내 편의를 감안해 주셨고, 그렇게 난 시간당 삼천 원을 받으며 일을 시작할 수 있었다.

*　　　*　　　*

"얼마 안 있으면, 벌써 4월인가."

어느새 예슬이와 어울려 지내는 일들이 일상이 되어버린 나날 속에, 3월은 일주일만을 남겨 놓고 있었고, 그사이 알바와 학업으로 인해 눈 밑의 다크써클은 깊어져 갔다.

오늘도 그런 하루가 끝나 가는지, 밝은 교실과 달리 밖은 어둠이 이미 내려앉은 지 오래였다.

그러나 이렇게 늦은 밤임에도 교실의 학생들은 저마다 각자의 앞에 놓인 책들을 보는데 여념이 없었다. 뭐, 그들의 표정은 그리 밝지는 않았지만…….

옆에 앉아 입술을 삐죽 내민 채, 원수를 보는 양 문제집을 보는 예슬의 불만 가득한 표정에서도, 이것이 자발적인 일이 아님을 알 수 있었다.

야간 자율 학습을 하는 학생들의 모습은, 마치 감옥에 갇힌 채 무언가를 강요받는 모습으로 보인다.

하긴 공부만을 바라는 사회가 만든 보이지 않는 감옥일지도 모르겠다.

하지만 나 역시 자식들에게 같은 것을 강요했었기에, 이 현실을 비판할 자격은 없을지 모른다.

세상의 험난함을 아는 우리 부모들은 자식은 좀 더 편한 삶을 누리게 하고 싶은 욕심에 결국 이 굴레를 반복할 것이다.

그저 세상에 대한 걱정 없이 꿈을 꿀 수 있는 보금자리를 가꾸기를 바라며…….

지금 옆에 울상인 예슬에게 그녀의 부모님께서 이런 말을 해봤자, 고리타분한 잔소리로만 들리겠지. 과거의 내가 어른들의 말씀 중 틀린 말이 없다는 걸, 깨닫게 되기 전까지 그랬던 것처럼.

그녀가 너무 늦게 깨닫지 않기를 바랄 뿐이었다.

2시간 이상을 책만 봐서 그런지 잡생각이 드는 모양이다.

기지개를 펴며 몸에 쌓인 피로를 털어냈다. 팔을 위로 쭉 뻗는데, 교실의 빈자리들이 눈에 들어왔다.

과외를 하거나, 학원을 다니는 학생은 야자를 빠질 수 있다고 했던가?

학원에 대해 진지하게 생각을 해봐야겠다.

불필요한 야자보다는 수능에 대비하기 위해서도 학원에 다니는 편이 나을 테니까.

툭.

뭔가 떨어지는 소리에 책상을 보니, 접힌 종이가 눈앞에 보였다.

종이를 펴보니 '지루해'란 세 글자가 적혀 있었다. 그리고 이 종이를 던진 주인공은 어깨를 축 늘어뜨린 채 힘든 표정으로 나를 보고 있었다.

저 어린양을 어찌해야 될지…….

고개를 절레절레 흔들며 연습장을 찢어 '공부나 해'라고 적어 그녀에게 던져 주자, 기대하며 종이를 펴던 예슬이 어이없는 눈으로 한 번 더 글을 확인하더니 이내 종이를 구겨 버렸다.

"애늙은이."

못마땅한 얼굴로 조용히 그녀가 내게 속삭였다.

"후… 멍청이."

멍칭이란 내 말에 그녀는 구긴 종이를 집이 던졌다.

얼굴로 날아오는 종이를 쳐낸 후 의기양양한 미소를 지으며, 그녀에게 던질 종이를 구기고 있던 내 머리로 강한 충격이 전달됐다.

"후… 김예슬 죽을래?"

고개를 들어 예슬을 노려보는 내게 보인 것은, 머리를 부여잡고 울상이 돼, 고개를 숙이고 있는 예슬의 모습이었다.

"재미있어 보이네. 응? 김예슬, 최승민."

어느새 다가온 것인지, 곰같이 거대한 체구의 중년의 남성이 우릴 노려보고 계셨다. 2학년 4반 담임이신 박태영 선생님.

덩치완 다르게 소리 없이 다가와, 야자 시간 학생들을 공포에 떨게 만든, 속칭 유령보란 별명의 주인공이었다.

학생들 사이에선, 발바닥에 스펀지를 심었다는 괴소문이 떠도는 신명고의 전설인 분을 직접 접하고 나니, 그분의 발을 보기 위해 아래로 향하는 시선을 멈출 수가 없었다.

"죄송합니다."

"쯧쯧… 하라는 공부는 안 하고 둘 다 뒤로 가서 10분 동안 손들고 서 있어."

야자가 끝나고, 교실을 나서는 내내 예슬 님께서 나 때문에 걸렸다며 투덜대신다. 그 모습에 지훈과 서로 마주보며 고개를 저을 수밖에 없었다.

마치 나로 인해 이 사태가 벌어진 것처럼 날 노려보는 이 철없는 녀석도 언젠가 누군가의 아내, 그리고 엄마가 되겠지.

세상은 대체 무슨 마법을 부리는 걸까?

어쨌든 오늘도 이렇게 하루가 끝나간다.

하숙집에 도착한 난 방에 가방을 던진 채, 요즘 습관이 되어버린 일을 하기 위해 몸을 움직였다.

밖으로 나와 계단을 올라 옥상으로 올라오자, 바람은 내게 인사라도 하는 듯 몸을 스치고 지나갔다.

언제부터 이곳에 올라오게 되었을까? 아마도 어느새 생긴 고민 덕분이 아닐까 싶다. 공부, 친구, 아르바이트, 모두 변해 버린 학교생활로 인한 것들이었다.

다시 돌아온 내게 신명고는 너무나도 낯설고 새롭게만 느껴졌다.

앞으로 다가올 일들에 대한 두려움과 설렘으로 다시 시선은 밤하늘로 향했다.

탁. 탁. 탁.

누군가 계단을 올라오는 소리가 들렸다. 그리고 잠시 후 어두운 옥상에 불이 켜졌고, 이내 주변은 빛으로 밝아졌다.

"어? 너 여기서 불도 안 켜고 뭐해?"

옥상으로 올라온 사람은 다름 아닌 지수 누나였다.

"그냥. 공부하다가 바람 좀 쐬고 있었어요."

"씨……. 여기 있는 줄도 모르고 한참 찾았잖아!"

"네? 저를요?"

"그래!"

"왜요?"

그녀가 이 밤에 나를 왜?

"왜긴 왜야. 엄마가 빨래 걷으라고 해서 도와달라고 하려고 했지."

그럼 그렇지.

"하아……."

"뭐야? 그 한숨은? 옥상에서 청승떨지 말고 빨래 걷는 거나 도와."

"근데 이 야밤에 무슨 빨래를 걷어요. 내일 걷어도 되잖아요."

"내 말이! 같이 TV 보다가 빨래 걷는 거 깜박했다고 나보고 걷으라잖아!"

옆에서 뒹굴거리는 누나의 모습이 못마땅하셨나?

퉁명스럽게 말을 했을 아주머니의 모습이 생각나 웃으며 그녀에게 말했다.

"바구니 하나 주세요."

"응."

그녀에게 바구니를 받아 빨랫줄에 걸려 있는 빨래를 담자, 누나 역시 콧노래를 흥얼거리며 빨래를 걷기 시작했다.

누나의 모습을 보니 야밤에 궁상은 여기까지 해야 할 것 같았다.

8장

중간고사

"아, 싫다~"

수업도 다 끝났구만. 또 뭐가 싫은 건지…….

"뭐가?"

이젠 노는 것 말고 예슬이 좋아하는 게 있는지 궁금해지기 시작한다.

"중간고사 기간 나왔잖아."

4월 25일부터였던가. 3주 정도 남았구만. 뭐 벌써부터 걱정이신지.

"그게 왜?"

"왜겠냐? 예슬 님, 성적이 바닥을 기니 저러시지."

"왜? 예슬이 너 몇 등 정도 하는데?"

"뭘 물어봐! 중간은 해!"

"그게 과연 중간일까?"

얼굴이 벌게져 화를 내는 예슬을 향해 지훈이 일침을 날리고 말았다.

"지훈 씨, 입.다.무.세.요."

"으흠… 최승민 넌 어땠냐?"

폭발 직전의 예슬의 태도에 녀석은 급히 내게 질문을 던졌다.

"뭐가?"

"전학 오기 전에 성적 말이야."

"아, 나도 중간 정도."

"공부 좀 할 것 같았는데 의외네."

"뭐, 스마트하게 생겨서 그런지 머리 좋아 보인다는 이야기는 좀 들었지."

"그거 평범한 애 기죽지 말라고 해주는 말 아닌가?"

이놈은 항상 한마디가 길다.

"승민아, 저런 애 이야기 듣지 마."

지훈을 밀치며 예슬이 다가왔다.

얜 또 왜 이래?

"왜 그래? 징그럽게."

"동지끼리 뭉쳐야지!"

"누가 동지야. 저리가. 바보병 옮아."

"이씨! 지훈이 쟨 공부 잘하니까 우리끼리 뭉쳐야지. 멍청아!"

"일 없다."

"김예슬, 이번엔 공부 좀 해라. 또 용돈 깎이고 나한테 화풀이 하지 말고."

"웃겨! 두고 봐. 너보다 잘 볼 거니까!"

시험 이야기도 나온 김에 학원이나 물어볼까?

이 녀석은 알 리가 없겠지. 지훈이 녀석이 잔뜩 약을 올린 탓에 씩씩대는 예슬이에게서 눈을 돌렸다.

"지훈아."

"어?"

"이 근처에 학원 괜찮은데 좀 아냐?"

"뭐야! 나한텐 왜 안 물어봐!"

지훈과의 대화를 듣던 예슬이 눈을 부릅뜨며 따져왔다.

"알아?"

"그런! 건 아니지만……."

처음의 기세는 어디 갔는지 기어들어 가는 소리로 말하는 그녀를 무시하며 지훈에게 물었다.

"아는데 있어?"

"학원? 글쎄 예전에 진솔학원이라고 다닌 적이 있긴 한데. 갑자기 왜?"

"그래도 전학 와서 첫 시험인데 망치면 정동고 최승민 체면이 어떻게 되겠냐?"

"공부 잘 못했다며."

투덜대던 예슬이 기회다 싶었는지, 뾰로통한 얼굴로 대화에 끼어들었다.

설령 내가 정말 공부를 못했었다고 해도, 그렇게 남의 허물을 그리 함부로 말하는 게 아니란다…….

"그러니까 학원을 다니려는 거잖아. 꼴등은 면해야 하지 않겠냐?"

"흐음… 그럼 나도 다닐까?"

지훈이 녀석에게 놀림을 받은 탓인지 예슬이 골똘히 생각하기 시작했다.

"그러든가."

난 무심한 척 그녀의 말에 대꾸했다.

이 청개구리 같은 녀석에게 그러지 말라고 했다간 오히려 역효과가 날지도 모른다.

"에이, 됐어."

예슬과의 대화를 흥미롭게 바라보던 지훈이 녀석이 그녀의 말에 아쉽다는 얼굴로 물었다.

"왜 학원 다니게?"

"그러려고. 야자는 너무 시간 낭비 하는 거 같아서."

"그래, 그럼 한번 가보든가. 내 기억으론 못 가르치진 않았어."

한참을 더 학원에 대해 이야기하고 있을 때, 담임 선생님께서 들어오셨기에 서둘러 말을 끝맺고 자리로 향했다.

"다들 앉아봐. 다른 건 별거 없고 오늘 야자 감독이 나인 건 잘 알지? 땡땡이칠 생각 마라. 반장. 이상."

"차렷! 경례!"

"수고하셨습니다!"

종례가 끝나자마자 학원에 대한 이야기를 드리기 위해, 작은아버지 댁으로 향해 부모님께 전화를 드렸다.

뚜르르— 뚜르르—

—여보세요.

"엄마. 저 승민이에요."

—승민이? 이놈 새끼 이게 얼마 만이야!

"죄송해요. 학기 초라 정신이 없었어요."

—그래, 근데 그런 놈이 웬일로 전화를 다 하셨어?

"아, 그게 학원에 다니고 싶어서요."

—학원? 갑자기 학원은 왜? 수업이 어려워?

"그런 건 아닌데 아무래도 다들 다니니까 조금 부담도 되고, 주변에 다니는 애들이 도움이 많이 된다고 해서 한번 다녀보려고요."

—그래? 일단은 아버지께 말씀드려 보고 알려줄게.

"예."

—밥은 잘 먹고 다니는 거야?

걱정이 담긴 어머니의 물음에 왠지 가슴이 짠해졌다.

"그럼요. 엄만 제가 언제 밥 남기는 거 봤어요?"

—그래, 잘 지낸다니 다행이네. 자주 연락 좀 하고. 아버지도 걱정하고 계셔.

"예, 자주 연락드릴게요."

—응. 야자인가 뭔가 한다더니 오늘은 안 하는 거야?

"아뇨. 밥 먹고 또 학교 가봐야 되요."

—그럼 전화 끊고 얼른 밥 먹어.

"예, 그럼 또 연락드릴게요. 들어가세요."

—말만 하지 말고 자주 해!

"예, 엄마. 그리고 아빠께도……."

뚜— 뚜— 뚜— 뚜—

자신의 말씀만 하시고 끊는 성격은 30년 후나 지금이나 변함이 없으시구만…….

"집에 전화한 거니?"

식사를 하시던 작은어머니께서 물어오셨다.

"예, 저 이번에 학원에 가볼까 해서요."

"그래? 그러면 어디 다닐 만한 데는 정해 놓은 거야?"

"예, 반 친구가 추천해 주는 곳이 있어서 거기로 가보려고요."

"오빠 거기가 어딘데?"

옆에서 민아가 반찬을 집으며 궁금한 듯 물었다.

"어? 진솔학원이라던데."

"아, 거기. 오빠네 학교 근처에 있지 않나?"

"아마 그럴 거야."

"내 친구도 거기 다녀. 수학 잘 가르쳐 준데."

"잘됐네. 나도 수학이랑 영어 때문에 다니려던 건데."

뚜르르— 뚜르르—

한참 식사를 하고 있을 때 거실에서 전화벨이 울렸다.

"여보세요. 아, 안녕하세요. 잠시만요. 오빠, 큰엄마 전화."

"어, 잠깐만."

음, 아까 못하신 말씀이 있으신 건가?

"여보세요."

—승민아, 아버지가 다니란다.

"예? 학원이요?"

—이놈아, 그럼 뭐겠어. 끊어.

뚜— 뚜—

분명 아버지께서 식사를 하실 시간이 아니니, 목장까지 가셔서 이야기를 하셨겠지.

결국 어머니께 한소리 하시다 결국 허락하셨을 아버지의 모습이 그려졌다.

아무튼 대단하신 분이시라니까…….

다음 날 수업이 끝나고 담임 선생님의 허락을 받은 후, 지훈의 추천을 받았던 진솔학원으로 향했다.

녀석이 알려준 곳으로 찾아가자 얼마 지나지 않아, 오래됐다던 지훈이의 말대로 4층 높이의 조금 오래된 건물 3층에 진솔학원이라 쓰여 진 먼지가 쌓인 간판이 보였다.

안으로 들어가 수강 신청을 하는 곳으로 향하니, 젊은 여자분이 반갑게 맞아주었다.

"어머, 수강 신청 하시게요?"

"예, 여기서 하면 되나요?"

"그럼요. 이쪽으로 앉으세요."

"아, 네."

친절히 맞아주시는 여성분께 영어와 수학을 신청하고 싶다는 말을 건네니, 간단한 설명을 해주시며 바로 접수를 해주셨다.

"오늘부터 들으면 되고, 수업은 6시부터고 2학년이니까 4반으로 가서 들으면 되요."

"감사합니다."

담임 선생님께선 내일 수강증만 가져오면 된다고 하셨기에, 수업을 받기 위해 4반으로 향했다.

교실로 들어가 맨 앞 열의 빈 책상에 자리를 잡고 앉아 수업을 받게 될 교실을 둘러봤다.

음? 저 애는?

왠지 앞자리 중앙에 안경을 낀 채 문제집을 풀고 있는 소녀의 얼굴이 눈에 익었다.

자세히 보니, 학기 초 나를 무시하던 같은 반 윤세나가 분명했다.

그냥 지나칠까? 에이, 그래도 같은 반인데 무시하는 건 좀 그렇겠지.

"안녕. 세나 맞지?"

이쪽을 한번 힐끗 보더니, 다시 문제집으로 시선을 옮기는 세나를 보며, 괜한 행동을 했나 싶던 그때 그녀가 물었다.

"최승민, 너도 여기 다니니?"

"어, 내 이름 알고 있었구나. 오늘부터 다니게 됐어."

"……."

아무런 대답이 없는 세나를 보며 어색하게 말을 이었다.

"하하……. 어쨌든 아는 애도 없어서 지루할까 걱정했는데 다행이다. 잘 부탁해."

"그럴 필요 없어. 앞으로 아는 척하지 말라고 부탁하려던 참이니까."

*　　　*　　　*

어느새 학원에 다닌 지도 2주나 지났지만, 그날 이후 세나와는 한마디 대화도 주고받지 않고 있었다.

오늘도 나를 없는 사람 취급하는 그녀를 지나쳐, 지정석이 된 자리에 앉아 문제집을 풀어나갔다.

어느덧 학생들이 교실을 꽉 채우자, 수학을 알려주시는 키가 크신 강진구 선생님께서 약간 허스키한 목소리로 강의를 진행하셨다.

한참의 시간이 흘러 칠판이 숫자와 기호로 가득 찰 때 즈음, 선생님께서 말씀하셨다.

"오늘은 여기까지, 다들 복습들 꼭 해와. 진도 못 따라가면 돈 내고 학원 올 필요 없어. 그 시간에 그냥 노는 게 나."

"네~"

수업이 끝나고 쉬는 시간이었지만, 방금 들은 강의 내용을 복습하는지, 세나는 칠판에 선생님께서 풀어주신 문제를 들여다보고 있었다.

그런 그녀의 모습을 뒤로한 채, 향한 원장실에선 오늘도 선생님의 기타 소리가 들려온다.

평소엔 조용히 문제를 풀어주시는 분이 팝송을 흥얼거리며, 기타를 치시는 모습은 언제나 신기하기만 하다.

똑. 똑.

"누구세요?"

"예, 저 승민입니다. 질문 드릴 게 있어서요."

"그래, 들어와."

문을 열고 기타를 내려놓으시는 선생님께 인사를 했다.

"오늘은 또 뭐가 궁금해서 왔을까?"

"아, 이 문제가 잘 이해가 안 돼서요."

문제가 적힌 연습장을 보던 선생님께서 내게 물으셨다.

"이거 내가 보기엔 과거 수능 문제 같은데 맞니?"

오랫동안 학원 강의를 하셨던 분이라 그런지, 단번에 내가 가져온 문제의 출처를 알아 맞추셨다.

"예, 그런데 연습장에 적어 온 건데 어떻게 아셨어요?"

"요새 수능은 난이도가 쉬워서 이런 것까지는 요새 문제집엔 안 실리는 내용이라 그렇지. 녀석아."

"아……."

그래. 이때 학원가의 경향은 이러했다. 몇 년 동안 난도는 하향해 왔고, 수능이 이런 방향으로 정착이 됐다고 여기는 것이 당연시 되는 분위기였다.

수험생 역시 몇 해 동안 쉬웠던 수능 덕에, 까다롭고 수능에 잘 나오지 않는다고 여겨지는 문제는 넘겨 버렸다.

하지만 그 후 치러진 수능은 역대 최악의 수능 중 하나라는 평을 받으며, 그 해 수험생들의 원성을 샀다.

오랜 기간 학원 강의를 해오신 강진구 선생님께서도 수업에선 이런 문제는 거의 설명해 주시지 않았으니, 그럴 만도 했다.

02년 수능을 경험한 나로서는, 혼자선 풀기 어려운 이런 문제들 때문에 학원이 중요할 수밖에 없었다.

"자, 이렇게 풀면 돼. 이런 건 나와도 한두 문제야. 너무 힘 빼지 말고, 그냥 이렇게 하면 되는구나, 정도만 알아두면 돼. 알겠지?"

"예, 감사합니다."

문제 풀이를 받고 원장실에서 나와 자리로 향하는 내게, 옆에서 세나가 고개만 살짝 돌린 채 물어왔다.

"맨날 쉬는 시간마다 어딜 그렇게 다녀와?"

언제는 말 걸지 말라더니, 이젠 힐끔거리며 묻는 그녀가 얄밉게 느껴져서인지, 자연스레 대답을 하는 내 말투에도 가시가 돋쳤다.

"말 걸지 말라더니, 웬일이야?"

"생각보다 쪼잔한 성격인가 봐?"

그간의 행동은 생각도 안 하고 말하는 세나의 말에 울컥했지만, 이 나이에 딸뻘인 소녀에게 화를 내서 뭘 하겠냔 생각에 참으며 말을 이었다.

"그럴 리가 있나……. 모르는 문제가 있어서 물어본 거야."

"뭔데?"

궁금한 듯 물어보는 세나에게 연습장을 건네주자, 태연하게 그것을 보던 그녀가 믿기 힘들단 표정으로 내 얼굴을 뚫어져라 쳐다본 후, 뭔가 알았다는 듯 고개를 끄덕였다

"이 문제만 맨날 질문한 거야?"

대체 이 아인 날 어떻게 생각하고 있는 걸까.

"설마 그랬겠냐. 그랬으면 선생님께서 쫓아냈겠지."

"하긴 그렇네. 의외로 공부 좀 하나 봐?"

말을 섞다 보니, 계속 시비조로 나오는 세나의 행동이 그녀 나름대로의 관심 표현이 아닐까 하는 생각이 들었다.

그렇게 생각하니 그녀를 조금 놀려주고 싶었다.

"너보단 잘할걸?"

착각이었을까? 내 말에 순간 안경 속 그녀의 눈이 반짝인 것은.

"꽤나 자신만만하네. 어차피 얼마 뒤면 알겠지. 조금은 기대해도 되려나?"

지켜보겠다는 듯 말하는 그녀의 말에 어깨를 으쓱이며 말했다.

"좋을 대로."

* * *

4월 28일. 중간고사의 마지막 날.

수학 시험의 답안지를 걷은 감독 선생님께서 교실을 나서자, 긴장감이 가득했던 교실엔 4일간의 시험이 끝이 났음을 알리는 친구들의 슬픈 탄식이 들려왔다.

"아, 망했어~"

"3일 전으로만 돌아가고 싶다!"

말은 저렇게 해도 결국 대부분은 성적이 나쁘지 않을 것이다.

신명고를 비롯한 대부분의 학교는 절대평가에 맞춰, 학생들의 내신을 끌어올리기에 여념이 없는 상황이었기에, 당연한 결과라고 할 수 있다.

뭐, 그렇다고 변수가 아예 없는 것은 아니다.

문제를 알려주지 않는 분도 계셨으니까.

예상외로 유쾌하실 것만 같았던 수학을 담당하시는 '감자' 심한섭 선생님께서 그랬다.

선생님께선 학교의 방침과는 달리, 상대평가 시절처럼 전혀 힌트를 주시지 않으셨다.

이로 인해 수학에서 등수가 갈릴 것이다.

어쩌면 선생님의 이런 모습은 순위를 가리려는 의도가 담겨 있을지도 모르겠다.

모두가 같은 점수라면 조작 논란이 붉어질 수도 있을 테니.

사회란 놈은 어디든 그 속을 들여다보면, 겉에서 보는 것보다 많은 것을 담고 있을 때가 많으니까.

어쨌든 4일간의 시험은 모두 끝이 났다.

내게 유일한 걸림돌인 수학도 나쁘게 본 편이 아니었기에, 금방이라도 울 것 같은 표정의 예슬과 달리, 편한 마음으로 시험 결과만을 기다리면 끝이었다.

뭐, 세나와 한 말이 걸리긴 하지만 질 거라는 생각은 들지 않았다.

"여~ 잘 봤냐?"

어느새 다가와 어깨에 손을 올리며 묻는 지훈의 얼굴엔 여유가 가득했다.

"그럭저럭. 넌 잘 본 것 같다."

"어차피 외우기만 하면 되는 거니까."

"그런가. 그럼 재나 어떻게 해봐."

온 세상의 슬픔을 혼자 안고 가는 사람처럼 혼이 나간 채 중얼대는 소녀를 손으로 가리켰다.

"내버려 둬. 한두 번 저런 것도 아닌데 뭐. 내일이면 또 실실대면서 만화책이나 보고 있을걸……."

"…그래."

진짜 인생은 저렇게 걱정 없이 사는 게 최곤데…….

어느새 4월도 시험과 함께 끝이 나는 건가.

시험이 끝나서 그런지 학원으로 향하는 발걸음은 전보다 가벼웠다.

도착한 학원엔 언제나처럼 문제집을 풀고 있는 세나가 보였다.

"안녕."

이쪽을 슬쩍 본 그녀가 고개만 살짝 숙이고 당연한 듯 손을 내밀어 온다.

"안녕이라고 한마디 하는 게 그렇게 힘드냐?"

내 말은 관심에도 없다는 듯, 내민 손을 흔드는 그녀의 행동에, 한숨을 내쉬며 연습장을 건네주었다.

그날 이후 내게 실력을 보이려는지, 세나는 선생님께 묻기 위해 적어온 문제를 먼저 풀어보기 시작했다.

"이것도 몰라? 중간고사 결과는 안 봐도 뻔하겠네."

아는 문제가 적힌 날엔 이렇게 내 속을 뒤집어 놓는 말을 서슴없이 내뱉으면서.

"그건 모르는 거다. 져놓고 울지나 마."

"이 실력으로?"

연습장과 나를 번갈아 보던 그녀가 한쪽 입꼬리만 올린 채, 가소롭다는 듯 말을 하는 모습에 눈곱만큼 남아 있던 정나미가 떨어져 나갔다.

*　　　*　　　*

똑. 똑. 똑.

"최승민."

쾅! 쾅! 쾅!

"최승민!!!!"

어린이날부터 울려 퍼지는 지수 누나의 괴성에 시계를 보니, 9시가 조금 넘은 시간이었다.

"네… 누나. 잠시만요."

시간을 지체했다간 누나가 무슨 짓을 할지 몰랐기에, 우유 배달을 갔다 와서 다시 눈을 붙인 탓에 축 처진 몸을 겨우 가누며, 서둘러 추리닝을 걸쳤다.

"왜 이리 문을 늦게 열어?"

"알바 갔다 와서 피곤해서 그랬어요."

"으이그, 그러게 왜 사서 고생이야. 이거나 받아."

응?

"웬 편지예요?"

"보면 알잖아. 편지지 뭐야. 한현성? 보낸 사람 이름에 그렇게 써 있던 거 같은데."

그녀의 말에 편지 봉투를 보니, 현성의 이름과 고향 주소가 쓰여져 있었다.

"누구야?"

"고향친구예요."

"오올~ 친구도 있으셨어?"

"이래 봬도 학교에서 인기남이었어요."

"남고였다며? 그럼 저 편지도 애인?"

어이가 없어 말문이 막혀 있는 사이, 지수 누난 의미심장한 미소를 지으며 '불청객은 사라져 드릴게요'란 말과 함께 떠나갔다.

그나저나 이놈이 왜 편지를 쓴 거지.

워낙 과묵하고 진중한 현성이 편지를 쓴 것에, 무슨 안 좋은 일이라도 있는 것은 아닌지 걱정이 앞서 서둘러 편지를 뜯었다.

잘 지내냐? 자식이 서울로 올라가더니 어떻게 연락 한번이 없어.

다행히 첫 문장을 읽는 순간 단순한 안부 편지인 것 같아 마음이 놓였다.

나랑 시열인 잘 지내고 있다. 뭐, 사내놈한테 편지를 쓰려니, 썩 유쾌하진 않다만. 다름이 아니라, 우리 동네에도 초고속 인터넷이 깔려서 시열이랑 메신저라는 걸로 대화를 주고받다 보니까, 가끔 메신저로 만나는 것도 나쁘지 않단 생각이 들어서 말이지. 서울 사니까 촌놈인 우리보다 더 잘 알 거 아냐. 안 그래? 밑에 메신저 아이디 남길게. 아! 그리고 주말 오후 8~9시에만 하니까, 주말에 시간 날 때 연락해라.

아이디 : hs0322@hatmal.com

sy0930@hatmal.com

p.s 승민아 나 시열이. 밑에 적은 게 내 거니까, 현성이 거만 하

지 말고 내 거도 꼭 추가해. 알았지?!

혹시나 못 볼까, 현성의 글씨보다 4배쯤 커 보이는 시열이 녀석의 글씨를 보니, 여전하다고 해야 할지…….

아무튼 이렇게 잊지 않고 편지를 써준 녀석들이 그저 고맙기만 했다.

"후……."

집중을 하려 했지만 문제집을 보고 있어야 할 눈은 자꾸 시계로만 향한다.

주말은 아니었지만, 혹시나 어린이날이기에 현성과 시열이 메신저를 할지도 모른다는 생각 때문이었다.

결국 이대로 있어봤자 공부도 안 될 것 같아, 근처의 PC방에 가기로 마음먹었다.

"접속해 있으려나."

편지에 적힌 아이디를 추가하고 5분쯤 기다렸을까? 현성과 시열의 이름이 친구 목록에 나타났다.

현성이 초대하는 채팅방에 들어가자 반가운 이름들이 보였다.

현성, 시열: 하이.

승민: 하이.

현성: 죽었는 줄 알았더니 살아 있네?

승민: 그건 내가 하고 싶은 말인데?

시열: 봐봐. 내 말이 맞잖아~ 승민이 들어올 거라고 했잖아!

현성: 그래, 알았어.

조잘대는 시열이 놈에게 시달렸을 현성을 생각하니 마음이 짠했다.

시열: 승민아! 내가 들어오자고 했어. 현성인 편지 아직 못 받았을 거라고 됐다고 했었어!

금세 현성과의 일을 고자질하는 녀석을 보니, 이젠 내가 머리가 아파지기 시작한다.

승민: 그래, 잘했어.

시열: 하하하~

현성: 편지가 생각보다 일찍 도착했네. 이틀은 더 걸릴 줄 알았는데.

승민: 다행이지, 뭐. 이렇게 만나게 됐으니.

현성: 그래, 잘 지냈냐?

승민: 뭐, 그럭저럭.

시열: 승민인데 무슨 일 있었겠어?

현성: 하긴, 알아서 잘했겠지.

자식들. 고맙네…….

승민: 당연하지. 정동고 최승민이 어디가서 꿀리겠냐?

현성: 오버한다, 또.

시열: 아, 맞다! 우리 엊그제 시험 끝났는데 승민아, 너네도 끝났어?

승민: 어. 우린 일주일 전에 끝났지.

시열: 잘 봤어?

현성: 그러게. 설마 정동고 망신시킨 건 아니겠지?

채팅이라 그런지 말을 쓰려는 사이에 정신없이 다른 글이 올라온다.

승민: 아직 결과는 안 나왔는데, 잘 본 거 같아.

현성: 니가 그렇게 말하는 걸 보면 꽤 잘 봤나 보네.

승민: 아마도. 니들은 어떤데? 현성이야 걱정 안 해도 잘 봤을 테고, 시열이 넌 또 바닥이냐?

현성: 저놈 잘 봤어.

뭐라고? 내가 헛것을 보는 건가?

승민: 엥? 누가 잘 봐?

시열: 하! 하! 하!

승민: 아니, 이것들이 못 본다고 단체로 거짓말할래?

현성: 나도 깜짝 놀랐다. 독서실 끌고 다녔더니 신기하게 오르긴 오르더라.

승민: 시열이 저놈이 독서실을 간다고?

시열: 뭐가 신기해! 승민아. 너 없다고 현성이가 맨날 억지로 끌고 다녀! 뭐라고 좀 해줘.

승민: 그냥 다녀. 너 잘되라고 하는 거구만. 하긴 니가 해봤자 얼마나 늘겠냐만.

시열: 어? 그렇게 말했지! 두고 봐. 너보다 더 좋은 대학 갈 거니까!

현성: 시열이 녀석 말대로 긴장해라. 서울까지 간 놈이 나중에 우리보다 좋은 대학 못 가면 가만 안 둘 테니까.

승민: 이거, 무서워서 살겠냐?

―10시가 지났으니 미성년자는 게임을 종료해 주시기 바랍니다.

채팅을 한 지 10분도 안 된 것 같은데, 벌써 10시라니.

승민: 야. 나 가봐야겠다.

시열: 왜! 더 놀자.

승민: 넌 집이겠지만 난 PC방이라 10시 이후엔 나가야 돼.

현성: 아쉽게 됐구만. 오랜만에 재미있었는데……. 그럼 또 시간 날 때 들어와.

시열: 안녕.

승민: 그래, 둘 다 건강하고, 다음에 또 이야기하자.

녀석들과의 아쉬움 때문인지 PC방을 나와 하숙집으로 가는 발걸음이 무겁기만 하다.

"시열이 녀석이 시험을 잘 봤다니 이거 긴장해야 하나. 설마… 그래 봤자 박시열이겠지."

그렇게 친구들 덕분에 즐거웠던 어린이날이 지나고 나간 학교엔, 지난 며칠간 울상이던 예슬이 언제 그랬냐는 듯 손을 흔들며 반겨온다.

"요오! 오셨나?"

고작 하루를 쉬었다고 들뜬 바보를 지나쳐 자리에 가방을 내려놓았다.

"야, 나 안 보여? 왜 무시해!"

"어? 미안 못 봤어."

"웃기고 있네. 일부러 그런 거 다 아네요!"

그렇게 청춘을 만끽하는 사이, 세상은 어느새 5월의 완연한 봄기운으로 가득 차 있었다.

신명고 역시 예외는 아니었는지, 살랑거리는 봄바람에 3교시를 마친 학생들은 몰려오는 졸음을 참지 못한 채 책상과 한 몸이 되어 있었다.

그 탓에 교실은 혈기왕성한 고등학생이 수업을 듣는 장소라곤 믿기 어려울 정도로 조용했다.

드르륵.

"아주 죽어가는구만."

조용한 교실에 침묵을 깨고 담임 선생님께서 들어오셨다.

선생님께선 축 늘어진 학생들의 모습에 혀를 차시며, 교실 벽에 무언가가 적힌 종이를 붙이셨다.

"그만 졸고, 니들 성적 나왔으니까 그만 일어나서 확인이나 해라."

"오~"

성적이란 말에 시체와 같던 학생들이 하나둘 몸을 일으켜, 종이가 붙은 벽으로 몰려가기 시작했다.

시험이 끝난 뒤 가장 울상이었던 예슬 또한, 뭐가 그리 급한 건지 어느새 그 무리에 끼어 있었다.

벽을 둘러싼 아이들의 모습에, 천천히 확인할 요량으로 느긋하게 자리에 앉아 기다리고 있을 때 낮게 깔린 예슬의 목소리가 들려왔다.

"최승민……."

뭐야?

불길한 느낌에 고개를 돌린 순간, 손을 부르르 떨며 달려드는 예슬이 보였다.

"갑자기 왜 이래!"

내 질문에 대한 대답 대신 그녀의 작은 손이 사정없이 날아든다.

"아. 아! 아! 야! 말로 해!"

"전교 20등? 날 속여? 중간 정도 했다며! 이 나쁜 놈아!"

"예슬아……. 아! 어딜 때려! 진정해!"

한참을 때리던 예슬은 사죄의 뜻으로 먹을 것을 사준다는 내 말에 금세 화를 풀었지만, 덕분에 점심시간이 돼서야 성적을 확인할 수 있었다.

"위로 누가 있나 볼까?"

1등은 역시 김준성이었다. 3년 내내, 1등을 놓친 적이 없던 엘리트. 신명고 유일의 S대 합격자이기도 했던, 내겐 은인과 같은 녀석이 이젠 가장 큰 경쟁자가 된 건가.

녀석이 42살의 나이로 국회의원에 당선됐을 때, 나 역시 그에게 한 표를 줬던 기억이 난다.

역시 될 놈은 떡잎부터 다르다더니. 새삼 녀석이 대단하게 느껴진다.

김준성의 이름을 뒤로한 채 혹시나 아는 이가 있을지 등수를 확인했지만, 딱히 기억이 나는 사람은 없었다.

설마… 아니겠지.

등수 옆의 이름에 이 현실을 부정하고 싶었다.

윤세나란 세 글자가 왜 하필 21등도 아닌 8등에 쓰여 있는 걸까.

또 얼마나, 무시를 해댈지…….

자리로 돌아와, 언제 그 여우가 비웃으며 찾아올지 모른단 불안감에 쉬는 시간마다 그녀의 동태를 확인해야만 했다.

결국 종례를 위해 한손에 종이 뭉치를 들고 담임 선생님께서 반으로 오고 나서야, 안도의 한숨을 내쉴 수 있었다.

"아깐 시체들이더만, 끝나가니까 다들 살아났구만."

선생님의 말씀에 교실에 한바탕 웃음이 지나갔다.

"어휴, 웃기는 자식들. 됐다, 됐어. 반장. 이거나 나눠줘."

종이를 건네받은 반장이 각 줄에 나눠주기 시작하자, 선생님께서 말씀하셨다.

"보면 알겠지만 수학여행 일정이야."

웅성웅성.

선생님의 말씀에 반이 술렁인다.

"자, 자. 조용! 그 앞에 보면, 맨 앞에 5월 18일부터 20일까지 2박 3일이라고 쓰여 있지. 장소는 설악산이다."

설악산으로 간다는 것에 여기저기서 야유가 터져 나왔다.

"또 설악산이야?"

"지겹다. 진짜."

설악산으로 가게 된 것에 침울해진 예슬이 힘없는 목소리로 내 어깨를 치며 말했다.

"설악산이래……."

"그래."

"뭐야? 설악산으로 가는 게 아무렇지도 않아?"

의아한 듯 그녀가 물어온다.

"어."

예슬에게 말한 것과 달리, 선생님께서 설악산이란 말을 꺼낸 순간부터 기분은 가라앉을 대로 가라앉았다.

설악산. 생각만 해도 진절머리가 난다.

또 설악산에 가냐고 짜증을 내며 괴롭히던 강민기 패거리들.

그곳에 다녀오고 나서 녀석은 또 다른 장난을 쳐왔었다.

녀석이 흔들바위라고 말하며, 몸을 밀면 쓰러지지 않고 다시 제자리로 돌아와야 하는…….

이것만으로 끝났다면 설악산이 조금은 좋아졌을까?

졸업여행까지 이어진 설악산과의 악연 역시 중국을 선택한 녀석을 피하기 위한 자구책이었다.

다시는 생각하고 싶지도 않은 기억들.

하지만 설악산하면 어김없이 떠오르는 기억들에 시선은 자연스레 뒤에서 패거리들과 잡담을 하고 있는 강민기에게로 향했다.

마주친 눈을 서둘러 피하는 강민기를 보니, 이미 과거와 달라진 녀석에게 화를 풀어봐야 무슨 소용이 있을까란 생각이 들었다.

녀석은 이제 내가 알던 강민기가 아니다.

그런 녀석까지 증오하게 만드는 과거의 기억에 씁쓸함만이 밀려온다.

"…말하… 갑… 뒤… 뭐 있어?"

"뭐?"

갑자기 어깨를 친 예슬 덕에 아픈 기억에 잠겨 있던 난 정신을 차릴 수 있었다.

"뒤에 뭐 있냐고. 말해도 대답도 안 하고 왜 그래? 어디 안 좋아?"

"아냐. 그냥 누가 부른 것 같아서."

"아무 소리 못 들었는데?"

"그래, 그럼 착각했나 보다. 근데, 왜?"

"아니, 갑자기 말하다 말고 뒤를 봐서 그랬지."

"조용, 조용! 아주 난리가 났구만. 다들 진정하고 일단은 그렇게 결정됐으니까, 그리 알고 잊지 말고 부모님께 보여드려. 괜히 가기 며칠 전에 부모님이 학교로 전화하시게 하지 말고 알았어?"

"네~"

"그럼 오늘 다들 고생했고 내일 보자. 반장"

"차렷. 경례."

"수고하셨습니다."

『다시 한 번』 2권에 계속…

十字星
십자성
전왕의 검
허담 新무협 판타지 소설
FANTASTIC ORIENTAL HEROES